来去之间

时 晓 / 著

LAIQU ZHIJIAN

时代出版传媒股份有限公司
安徽文艺出版社

图书在版编目（ＣＩＰ）数据

来去之间/时晓著.—合肥：安徽文艺出版社,2022.10
ISBN 978-7-5396-7404-9

Ⅰ．①来… Ⅱ．①时… Ⅲ．①短篇小说－小说集－中国－当代 Ⅳ．①I247.7

中国版本图书馆 CIP 数据核字(2022)第 009985 号

出 版 人：姚 巍
责任编辑：汪爱武　　　　　　　装帧设计：徐　睿
....
出版发行：安徽文艺出版社　　www.awpub.com
地　　址：合肥市翡翠路 1118 号　　邮政编码：230071
营 销 部：(0551)63533889
印　　制：安徽新华印刷股份有限公司　(0551)65859551
....
开本：880×1230　1/32　印张：7.75　字数：200 千字
版次：2022 年 10 月第 1 版
印次：2022 年 10 月第 1 次印刷
定价：55.00 元
....

（如发现印装质量问题，影响阅读，请与出版社联系调换）
版权所有，侵权必究

目 录

序一:破碎的都市灯光(许春樵) / 001
序二:庸常生活中绽放的文学之花(李西闽) / 005

来去之间 / 001
一起旅行 / 017
风筝误 / 033
烟花炮 / 051
箭在弦上 / 071
薛小米的藏宝箱 / 091

鸳鸯袍 / 111

流光飞舞 / 137

撤回 / 155

不诉离殇 / 175

对不起，我爱你 / 195

附：

去来之间，尘埃或火焰？

　　——时晓小说集《来去之间》读后（董改正） / 217

谁念西风独自凉

　　——读时晓短篇小说集《来去之间》（刘　勇） / 223

两性关系的聚焦与勘察

　　——读时晓小说集《来去之间》（张　伟） / 228

序一：破碎的都市灯光
许春樵

小说说别人的故事，流自己的眼泪；说世像百态，诉自己的心思。

这一描述是要建立小说的两个价值目标：一是被书写的故事打动，最起码是受到一点触动；二是小说表面上是写人世间的变幻莫测与世态炎凉，实质上是在借书写来表达自己对世界、对人生、对情感的态度和立场。这是作家的站位，或叫作思想深度。

也许是与生俱来的敏感，时晓小说一起步，就直逼人性的纵深地带，深入情感的隐秘角落。她以忐忑不安的想象和体验，演绎出现代都市情感的动荡、悬空和虚拟性，并指向一个与时代焦虑构成逻辑关系的关键词：不安全感。

这种不安全感，源自眼花缭乱的物质世界对传统古典主义情感的挑衅和瓦解。都市的灯光是绚丽的，绚丽而破碎；都市的马路是热闹的，热闹至冷漠。在这两极中间，唯有小说能够平衡与缝补现实的深度撕裂。《来去之间》是一个情感悲剧故事，乡下妻子对上海打工丈夫万庭的怀疑和不安，完全是一个误会，因为房间里出现了一条无法解释清楚的女性蕾丝内裤。在妻子持续不断的质疑下，精神恍惚的万庭在工地上触电身亡。这个故事的背后，不是妻子对丈夫的不放心,而是乡村对城市的不信任。小说中两口子的误会是虚构,但现实中的故事可能就是事实。时晓出于善良的愿望,将残酷虚拟化,将悲剧人性化。

情感世界是没有逻辑的,也是没有清晰界限的。《来去之间》之后,时晓小说中的人物就不像万庭那样清晰了。主人公更趋于福斯特《小说面面观》中的"圆形人物",其"复调性"拓宽了小说的语义空间,也呈现出人性的丰富性和复杂性。《风筝误》中徐丽在对丈夫出轨的怀疑和想象中,自己与一个精神寄托者产生了暧昧与依赖的情愫,她在焦虑和不安中,自己率先精神出轨。小说写出了自我纠结与情感挣扎的矛盾性和尖锐性。生活的全方位敞开,为形形色色的出轨提供了形形色色的可能。这种人性的焦虑与不安还出现在《流光飞舞》中的阔太太云裳身上,有钱的男人首先被有罪推定为不可靠和出轨,所以,备受冷落的云裳在怀疑丈夫出轨后,自己坚定不移地出轨了,最终离婚。小说通过施施一家世俗生活的描写与反衬,表达出作者在对金钱世界失去信任后,对回归世俗化、回归日常化生活的深切期待与向往。日常和琐碎的生活,是有烟火气的生活,是贴近人性、合乎人伦的生活。

这个世界上不可直视的,一个是阳光,另一个就是人性。人性是善与恶、真与假、虚与实的复合体。中国文化认定"人之初,性本善",而西方基督教文化则推定人性本恶,即"原罪"。文学在面对人性时,不仅仅是简单的裁决或判决,其魅力在于揭示出人性在"善与恶"之间的迷惘、徘徊、挣扎和无奈。《对不起,我爱你》中,两个大龄青年,精神相通、生活相克,相互猜忌、互不信任。小艾怀疑于凡跟女实习生暧昧不清,于凡怀疑小艾跟其他男人暗度陈仓,两个彼此欣赏的人,就是没法彼此信任,于凡在咖啡厅公然让小艾难堪后,两人分手了。于凡要跟小艾复合,小艾不答应。于凡半年后给小艾打了一个非常惊艳,也非常震撼的电话:"小艾,我今天结婚了。对不起,我爱你。"这个小说好就好在"两个好人在一起过不上好日子,两个相爱的人成就不了一桩婚姻"。人生的无奈、人心的诡异、人性的复杂、人格的撕裂在一部小说中准确而丰富地展示了出来。小说背后,表达的是在遍地的诱惑与陷阱中,没有一个人拥有坚定的自信和足够的安全。《一起旅行》中妻子回归家庭后,自我评价降低,丈夫有意无意地将妻子贬值,一起旅行变成了一起疲劳、一起厌倦、一起对峙、一起吵架,背后是生活对精神的挤压,挤压对人性的异化。《鸳鸯袍》中一对男女陈强和吴梅,感情都受过伤,同居却不同心,彼此都心存芥蒂,吴梅被陈强骂为乡下人,出走又被追索戒指,男人陈强中风后要跟乡下女人吴梅拿证、结婚、赠房,还说辱骂是考验吴梅对自己的爱情。拿证前陈强死了,吴梅只得到男人留下的一封忏悔信。忏悔也许是假的,但人性在利益面前的自私、狭隘、无奈和受伤肯定是真的。

《不诉离殇》写的是一个"年轻时我们不懂爱情"的故事。"我"和春生一开始就是不对等的交往:缺少心灵默契、缺少精神共鸣,男生爱得卑微,他用讨好和献媚来兑换爱情。这本来就是男人的一个标准的负面形象,甚至是反面形象。"我"对春生不是爱,而是被感动和心存感激,在没有爱的前提下,我才计较他的外表包括护发素和头油,"他的棉毛裤和牛仔裤的腿,在这个冬天显得异常粗壮"。这是一部成长小说,写出了人生的被动和情感的觉醒,其中人物和细节把握丝丝入扣,准确到位,阅读的代入感极强。《撤回》也是一篇意味深长的小说,安可在理智与情感、道德与欲望之间挣扎,律师姜平假离婚不复婚,致使妻子要跳楼,安可理解了一个"能把爱情变成亲情"的高手后,终于"撤回"。情感挣扎之下是人性的沦陷与复活。

时晓的小说可以归为"都市情感小说",她的都市情感小说不是后现代性写作,而是现代主义写作;她的小说不是为了推销都市情感故事,而是探索现代都市情感与现代都市伦理的走向,探索人性在巨大的物质世界里所遭遇的挤压、挣扎和受伤。"不安全"感是时晓都市情感小说最典型的关键词。黄浦江边看到的流光溢彩,在小说的视野里一派破碎。

时晓小说叙事精确,细节表现力强,情节构思的戏剧化意志突出,尤其是语言感觉在被内心体验过滤之后,在想象与意象之间,呈现了丰富的张力。《来去之间》这部小说集昭示着时晓小说写作正大踏步走向自觉和成熟。

"发现一个问题,永远比回答一个问题和解决一个问题更加困难,也更加重要。"时晓的小说创作一直是在这一原则立场下进行的,这一判断如果不是出于推理,假以时日,相信时晓会带给读者新的小说文本,还有小说经验。

是为序!

2020 年 9 月 22 日于合肥

序二：庸常生活中绽放的文学之花

李西闽

写作是一种艰苦的跋涉。但在许多人眼中，并非如此，他们认为写作是一件轻而易举的事情，他们不知道写作和世上任何一件艰辛的事业一样，需要耗尽一生的精血去苦苦追索。我很少鼓励年轻人去从事写作这个职业，别看现在作者多如牛毛，但大多数作者，最后还是败下阵来，一无所获。写作不光要有才华，更重要的是要有长途跋涉的毅力和不屈不挠的精神。而写作又是孤独的事业，在无数个日夜，你只能独自面对自己的内心，用文字和自己交流，作品发表或出版后，就基本上和你没有关系了。无论是作品带来的鲜花和荣耀，还是失败的寂寞，其实都是一样的。你必须孤独地行走在一条沧桑的道路上，默默地忍受一切，所以说，写作是苦难的长征。

但写作是一种本能，像日常中的吃饭睡觉，像性爱和运动，像对一次旅行的渴望。写作赋予我们一种表达的权利，也是对自由思想的追求和拥有。我想，很多朋友投入写作之中，是本能的需求；因为在庸常的生活中，我们必须有更好的精神生活，写作有了这种可能。作为一个衣食无忧的美丽女子，时晓的写作，也许就是为了让自己在精神上有种与众不同的飞升。她或许会这样认为，如果没有更好的精神层面上的创造，就算物质生活再怎么富有，也只不过是行尸走肉。当然,每一个追求精神生活个体的方式不一样,时晓不过是选择了写作。相对于其他追求精神生活的方式,写作对时晓而言,也许是最好的方式。

从时晓这些年来创作的文学作品来看,她和我的想法是契合的,她的确适合用写作来超越自身的平凡人生。前些日子,时晓给了我一本编好的短篇小说集,取书名为《来去之间》,并嘱我写个序。虽然我很少帮别人作序,但还是应承下来,基于她对我的信任。

我不知道时晓为什么会取这个书名。《来去之间》,它到底要表达什么?读完收入其中的几篇短篇小说,我有了一些感悟。时晓的经历我知之甚少,只是大概知道她从安徽来到上海,丈夫是福建人,有一个可爱的儿子。某种意义上,她必须在安徽、上海和福建之间穿行,在来去之间,体验丰富的人生。我想,假如时晓不选择写作,她的来去之间就会被淹没在茫茫的人世之中,一点痕迹都不会留下。正因为她的写作,让她经历的生活有了某种意义,而这种意义是精神层面上的。

时晓和许多来自异乡的人一样,在上海这座城市扎下了根。她与这个时代一起沉沉浮浮,经历着幸福或者痛苦;在时代的潮水濯洗下,闪光或者黯淡。生活给了她难于磨灭的印记,从一个少女到一个年轻的母亲,从她的第一篇散文到第一本小说集,从中可以看到她的思虑。

尚塞说:"作画,就是用一支画笔来思考。主题只是一个借口,一个起点,让作者得以表达自己。而想象出的环境可以使他与主题保持一定的距离,并且能够以同样的严谨对待风景、静物、肖像,或者是人体。"写作当然也一样,每个词句,每个细节,都是作者对外部世界的捕捉。时晓告别少女时代,走向成人的生活之后,一切都发生了改变,她用成熟而又迷离的目光审视尘世之后,就有了她处心积虑的作品。

从《来去之间》中的十一篇小说里,我进入了一个由时晓构建的世界。在这个世界里,时晓用她饱满细腻的笔触,讲述了属于她独特的故事。每个故事,都来自生活,又超越了生活本身,试图解开生活之谜。时晓笔下的人物是立体的,呼之欲出,让我读后难忘。比如《来去之间》这个短篇小说,主人公是一对夫妻,万庭和雨燕,他们本来恩爱,却因为一条飘来的女性内裤,产生了深深的误会,夫妻感情受到了影响。最终误会解开,丈夫却已经离开人世,妻子后悔已经来不及了。这个故事特别简单,但是经过时晓细腻的描写,生动而耐人寻味。是呀,在现实生活中,误会比比皆是,如果没有最基本的信任,许多东西都会瞬间崩塌,毁于一旦。其实这个短篇小说不仅讲了一个关于信任的故事,还讲了关于爱,也告诉我们,如何去爱。《一起旅行》这个短篇小说,同样也是关于爱和理解的故事。一场暴风雨,考验出亲人之间最宝贵的情感。《风筝误》中关于日常生活中的情感萌动以及随处可见的暧昧,时晓行文中的分寸拿捏得恰到好处,证明了她写作的功力。

现实的庸常生活,与童年时的想象完全是不一样的:有苦有甜,有得到与失去,也有光明与黑暗,它总是充满了不确定性。时晓在经历着这个时代所有人都经历的甜酸苦辣、梦想与幻灭,对未来也有憧憬。让我感到欣慰的是,无论如何,时晓在用写作印证自己的向往。她是一个柔弱的个体,同时她也是个坚定的写作者。她有善良正义的品质,而内心的悲悯将会让她的笔触更加深入人的本质,她的书写也就有了飞升的可能。时晓的写作,从庸常生活中来,又对庸常生活有深刻的反思。因此,她的小说就是在庸常生活中绽放的文学之花。

时晓的未来可期。

2020 年 8 月 19 日于上海

来去之间

三月的早晨，天刚蒙蒙亮，有风从破了洞的窗户吹进，透着丝丝凉意。雨燕斜斜地倚靠在床头，小腹明显隆起，清秀的面庞上弥漫着倦意。她双目无神，像一尾即将因干渴而死的鱼。万庭走上前去，轻手轻脚地把被子给她盖上，却被她一把扯了下来："滚，离我远点。"语气中是恶狠狠的厌恶，仿佛他是瘟疫。

"老婆，千错万错都是我的错，看在肚子里孩子的分上，别再闹了。"万庭小心地赔着笑。因为一夜没睡，他平日俊朗温润的脸，变得蜡黄蜡黄的，像个肝炎病人。

"你还知道孩子！你怎么不去死？你死了我马上给孩子找个后爹。"雨燕咬牙切齿地说。

万庭还想说什么，手机响了。是工头的电话，他不想接却又不敢不接。最近工期赶得紧，天天催命似的。万庭接了电话，工地停电了，让他马上赶过去抢修。昨晚一宿没睡，一口水没喝——他拿啥雨燕夺啥，不给吃不让喝，说他不配吃她做的饭，喝她烧的水。摔摔打打，折腾了一夜。万庭觉得口干舌燥，饥肠辘辘，头也蒙蒙的。但是他不怪雨燕，是自己做得不好。他记得雨燕嫁给他的时候，对他说过，不求大富大贵，只求他让她安心。

《来去之间》，沈帮彪 绘

因为雨燕很小的时候就被父母送给了别人，是养父母将她养大的。虽然养父母待她视如己出，但她还是一直没有安全感，害怕被抛弃。

万庭挂了电话，捡起被雨燕扔在地上的外套，对雨燕说："我去上班了，你照顾好自己。"说完，万庭带上了房门。

"去死吧，永远别回来！"雨燕冲着门恨恨地说。

雨燕是真的恨。

万庭身材匀称，一米八的个子架着端正俊朗的五官，走到哪里都很惹眼。而且他性格温和，极富耐心，和人说话总是笑眯眯的。六年前，亲戚带着他上门说媒，雨燕一眼就相中了他，完全忽视了他的孤儿身份。万庭很快入赘到她家，养父母待他如亲生儿子一般。雨燕脾气不好，特别任性，经常因为一点小事发脾气。万庭每次都是骂不还口打不还手，还笑嘻嘻地往她身上凑。雨燕嘴上骂着，心里却很受用，两人一会儿就好得跟一个人似的。万庭在镇上当电工，回到家也不闲着，洗衣做饭带孩子，干啥像啥。村里人都夸雨燕找了个好男人。

两年前，万庭被上海的远房亲戚邀去他们家的工程队做事，万庭开始的时候还推三阻四，懒得去，主要是过年过节才能回来，他舍不得雨燕。还是因为被雨燕骂了好几回："没出息，整天黏着老婆的男人算什么男人？何况工资开得很高，是老家的两三倍，傻子才不去。"万庭这才依依不舍地收拾行李，走时一步三回头。村里人开玩笑说，万庭模样条子都好，在外头肯定很招小姑娘喜欢。雨燕听了眼皮都不抬一下，鼻子里哼了一声："借他个胆子他也不敢。"

万庭刚去的时候,电话短信不断,恨不得每个月都往家跑,像一只丢不掉的猫。雨燕老说他没出息,钱都扔在路上了,还去打什么工?眼下女儿婷婷要上幼儿园了,虽然家里也算是温饱有余,但为着孩子的将来,还是要多攒点钱的。万庭后来想回也不敢回了,怕挨骂。渐渐地,万庭似乎也适应了两地分居的生活,不再有事没事就往家跑,虽然坐高铁也只有三四个小时的车程。

事情是从半年前开始不对劲的。中秋节的时候,村里很多外出打工的人都回来团聚了。对于农村人来说,除了春节,中秋节就是最重要的节日了,是全家团圆的日子。万庭却没有回来,说是要赶工加班。可是跟他同一工程队的也有人回来了,万庭说他是电工,最近工程到了关键时期,必须保证现场用电,其他人可以调休,他不行。雨燕半信半疑,给上海的亲戚打电话。亲戚说确实忙,万庭不光是电工,还兼着劳力用。她还不放心,又去找村里刚回来的大明了解情况。大明挠挠头,欲言又止,让她心里不那么踏实。大明说:"嫂子,你别多想,庭哥的确是忙,走不开。"雨燕转身走开的时候,大明又说了一句:"嫂子,要是不放心,你也去上海工作呗。现在那边可缺人了,到处招工,工作很容易找。"雨燕总觉得这话里有一种鼓励和暗示。

雨燕还真去了。忙完家里的秋收,她把孩子交给了养父母,就一个人去了上海,连电话都没提前打一个。她跟亲戚要了地址,下了高铁就直接去了万庭上班的工地,那是一个在建的地铁口商场,现场一片忙乱。她正想找人打听一下,忽然看见大明肩上扛着根管子从里面走了出来。见到雨燕,大明惊喜地叫着:"嫂子来了,你在这等着,我去给你叫庭哥。"

万庭一身尘土地来到门口，见到雨燕，神情有点不自然。虽然明明在笑着，但总感觉笑容像挤出来的。那是一种久别之后的疏离感，连接彼此的电路忽然中断了，需要时间和温情把它们重新接通。

"你怎么来了？"

"我不能来？"

"瞧你说的，也不打个电话，我好去接你。"

两个人在门口说了一会儿话，暮色就悄悄地降临了。远处的商务楼里逐渐亮起了灯光，从一个挨着一个的窗口投射出来，像一颗颗闪烁的星星。工地上也亮起了临时照明灯，工友们还在忙碌着，万庭跟领导打了个招呼，就带着雨燕去了他租的房子。

那是个一居室，带一个小小的洗手间，和一个小小的厨房。厨房外侧连着一个小小的阳台，没有厅。雨燕一进门就到处看啊闻啊，像一只搜救犬。她仔细看了一下，发现其实这间房子就是厅，是被重新隔起来作为卧室的。其他面都是封闭的，想必这就是传说中的群租了。室内靠北墙放着一个两门衣柜，一个1.5米的床与之平行摆放着，床头放着一个简易书桌。看着这狭窄的空间，想想家里宽阔的宅院，雨燕不由得感叹，都说上海好，好什么呢？看看这住的，真是出来受罪呢！转念又想，上海的房子多贵啊！一个农民工能租上这样的房子，已经是很奢侈的了，听说很多工人都是挤在十几个人一间的宿舍。这么一想，她又觉得这间房子挺顺眼的，想着想着就笑了。

万庭说："你这是干吗呢？跟捉贼似的。招呼不打一声就来了，来了又到处看，看得人心里发毛。"雨燕笑："你心里如果没鬼，自然就不怕我突然袭击啊。来，手机给我。"

万庭愣了一下："什么？"

"手机给我，你的。"

万庭迟疑了三秒，还是乖乖把手机递了过去。雨燕把微信、QQ、短信息，挨个看了一遍，并没发现什么可疑之处，便把手机还给了万庭。然后，她把自己的双臂打开，像撒开一张网，网在了万庭的脖子上。

雨燕在上海住了三天，万庭问她什么时候回去，她说："不回去了，留在上海找工作，陪着你。"万庭说："随你，只要你能放得下孩子。"

工作找得很顺利。如大明所说，上海很缺人工，雨燕一周不到就找到了工作，在万庭上班地点附近的一家蛋糕店当收银员。工作朝九晚九，时间有点长，但是工资还可以，也不算累。一天三顿饭，基本上都在外面打发了。回到家，洗漱完毕，两人亲热一番。因为没有了孩子和家庭琐事的搅扰，生活变得简单而快乐。万庭除了工作比较忙以外，下班回来处处体贴温柔，虽然不像在老家时那么频繁地黏着她，但是只要她想，他就极力配合。雨燕想起自己之前的疑神疑鬼，真的是多心了。

两个月后，雨燕像往常一样在小区门口搭公交车，坐五站路下车，在蛋糕店附近的芭比馒头店买两个萝卜丝肉包和一杯豆浆，边走边吃，到了蛋糕店门口刚好吃完。可是这次，她刚吃完最后一口，只觉得胃里翻江倒海，她赶紧走到就近的垃圾筒，对着它吐了个精光。怎么回事呢？白吃了，她有些懊恼。忽然想起例假已经过去两个礼拜了！她下班时去好药师大药房买了试纸，回家一测,非常明晰的两道红杠,竟然是怀孕了。她很兴奋,激动得在出租屋里走来走去。生完婷婷,她就想过要二胎,养父母因为没有生过孩子,更是喜欢小孩,一直鼓励雨燕再生一个,生完他们负责带,免除雨燕和万庭的后顾之忧。她马上给父母打了电话,他们果然很高兴,让她赶紧回家养着,别在外面受罪了。她笑嘻嘻地挂了电话,心说没事呢,人家大城市的女人都是上班一直到生产前呢,乡下女人更没有那么娇气。

　　雨燕之前怀婷婷完全没有什么感觉,这次却不同,吐得五脏六腑都要清空的样子。万庭说:"要不你还是回老家安胎吧,你这个样子上班太辛苦,我看了心疼。"雨燕开始还不太乐意,但是她的妊娠反应实在是强烈,喝水都能吐两口,闻见任何气味都要冲出去吐一下。连蛋糕店老板也看不下去了,毕竟是卖食品的,老是这样呕吐也影响客人的胃口啊。蛋糕店老板委婉地劝雨燕回家休息。雨燕说:"还有几天就到月底了,干到月底就走。"一方面,她想结个整月的工资。另一方面,过两天是万庭的生日,她想陪万庭过完生日再回去。通过这两个月的观察,万庭确实没有什么花头,工地上都是一帮男人,手机里除了工作上的电话和信息,连个女人的影子都看不见。仔细想想也是,他一个小地方来的民工,有老婆有孩子的,虽然长得还可以,但是现在的女孩子都那么现实,谁会眼瞎看上他呢?也就是自己才把他当个宝。

　　万庭生日那天,她跟蛋糕店老板说,自己要订一份生日蛋糕,晚上带回去给万庭过生日。老板是个上海女人,精明能干拎得清,让雨燕自己选,付点成本费就行。雨燕想着就两个人,便选了个比较小巧的心形绿色抹茶慕斯蛋糕。去年万庭回家过年的时候,带她和婷婷一起去县城给婷婷过生日，万庭就是挑了这个抹茶口味的慕斯蛋糕，还说他第一次吃抹茶味道的蛋糕是刚到上海的时候，有个同事过生日买的，他吃第一口有点不习惯，后来就爱上了。对比之下，老家镇上的蛋糕都是奶油蛋糕，没有这么多花样，做得也没有这么精致。他当时还特地叮嘱雨燕："你试试，口感真的不一样。"雨燕还记得万庭当时的神情，很陶醉的样子。

　　晚上六点钟，街上已经亮起了霓虹灯。上海的夜，比白天更加妩媚。雨燕刚吃完盒饭，胃里有股气直往上顶，她急忙跑到门口的垃圾筒处，狂吐不止。吐完起身，只见一个年轻姑娘迎面走来。已经入冬了，那姑娘还穿着薄薄的打底衫和黑短裙、肉色丝袜，外面罩着一件驼色短款大衣，脸上化着精致的淡妆，略带小尾巴的黑色眼线衬得眼角长长的，眼神妩媚，我见犹怜。雨燕从橱窗玻璃镜子上看到自己身上单调的素色工作服和略显暗黄的皮肤，心里竟没来由地生出几分妒意。她在老家的镇上也是数一数二的美人儿，但是放在这繁华的大上海，就平庸得像一只鱼儿游进了茫茫大海，连一朵浪花都荡不起来。

　　但是这种情绪很快就一扫而光：我跟一个陌生的小姑娘吃什么醋呢？她只想笑自己。她调整了一下呼吸，却见姑娘在门口站了一下，转身就走进了蛋糕店。雨燕赶忙跟了进去，上前问姑娘要些什么。姑娘在展柜里看了一圈，指着橱柜说："就要那个心形的绿茶慕斯蛋糕吧。"雨燕笑了，说："这个味道好，我马上给你包起来。"她心里有点小小的得意，原来大城市里的姑娘，也喜欢这个味道。

　　下班后，她拿着蛋糕，又去附近熟食店买了牛肉、猪耳朵、鸭头以及两瓶啤酒。这都是万庭喜欢的，晚上给他当夜宵，自己再给他煮碗长寿面，加上这蛋糕，给万庭简简单单过个生日。

上了公交车之后，雨燕忽然想起还没有给万庭买生日礼物，就提前一站下了车。在距离小区一站路的地方，有一条步行街，步行街上有一家手工定制皮具的店。她之前在这里给万庭买过一双黑皮鞋，质量很好，价钱却比商场里便宜得多。雨燕走了进去。老板是位上海老师傅，人很随和，活做得很细。老师傅热情地招呼雨燕，问小姑娘想要什么——上海的老人喜欢管年轻的女子叫小姑娘。雨燕听了这话，笑着说自己已经是小姑娘的妈了，但是心里感觉还是很受用的。她见老师傅背后的摆台上放了一排皮带，能看出牛皮的质地和纹理，感觉很结实。雨燕指着那条带着H形扣子的黑色皮带说，就要这条皮带吧。老师傅夸小姑娘有眼光："这条是我今天刚做好的，牛皮质量特别好。这个搭扣，是爱马仕同款的，人家要卖一万多，我这里只卖两百块，其实用起来都一样。是送给男朋友吗？我还可以给你免费在尾端刻个字。"雨燕说："那就太好了。"然后把万庭的名字告诉了他。

到家后，万庭还没有回来。她烧开水，把菜加热了一下，万庭就推门进来了，一身的酒气。雨燕就不高兴了："说好了晚上给你过生日，怎么还在外面喝了酒呢？"万庭说："你下班那么晚，等你回来吃就太晚了。同事知道我今天过生日，小聚了一下。"

雨燕说："吃饱了，那就算了。简单切个蛋糕吧。"当雨燕拿出蛋糕的时候，万庭的表情怔了一下。虽然只是瞬间，但雨燕还是感觉到了异样。

"怎么了你？"

"哦，没什么，今天实在吃不下了，留着明天当早饭吧。"

万庭说完，一头倒在床上，一会儿就睡得沉沉的。雨燕望着他，心中忽然有些空落落的，又有点委屈。但是看着万庭睡得很沉的样子，像一个恬静的婴儿，她又心生怜爱。他也许是太累了。怀着这样的心思，她轻轻帮他脱去外衣外裤，解掉皮带，然后把新皮带给他换上。

第二天，那个买抹茶蛋糕的姑娘又来了。这一次，她在店里转了好几圈，雨燕问她要什么，姑娘说她先看看。雨燕有几次看她，却发现她也正好抬头看着自己。目光相遇的刹那，雨燕感到有些说不清的意味，赶紧将眼睛瞟向别处。姑娘挑了好久，最后买了一包切片吐司和一盒三明治。雨燕给她装好，递到她手上。姑娘接过袋子，不再看她，嘴里说着谢谢就匆匆离开了。雨燕望着她的背影，忽然有些遐想，但是很快她就摇了摇头，使劲地否定了自己。不可能。根本不可能。她在心中对自己说。

两天后，雨燕就坐上了回家的高铁。万庭在虹桥安检门口千嘱咐万叮咛，说过年一放假马上就回去。她忽然鼻子一酸，满眼含泪，一扭头就走了。

一转眼，又是两个月，春节到来，全国人民都忙着回家过年，万庭也如约而至。雨燕感觉到万庭这次回来，对自己陌生得很，在家待了半个月，一次也没有主动碰过她。雨燕跟他撒娇，每次都被他推开，说："肚里有孩子呢。"雨燕却说："医生都说没事的，现在胎儿情况很稳定，你小心点就没事。"万庭却坚决地拒绝，说自己心里有罪恶感，担惊受怕，还是算了。雨燕就气了："当初怀婷婷的时候，没见你这么有责任感啊，八个月了你还缠着我呢。"万庭却说:"那时候年轻不懂事嘛。"雨燕心里委屈,却无法反驳。孕妇由于雌性激素分泌较高,反而比平时更有需求,雨燕难过得想哭。元宵节一过,万庭就匆匆走了。他收拾行囊时那轻松喜悦的神情,似乎盼着去上班似的,这让雨燕心里不大舒服。

女性的敏感与多疑,使得雨燕在家里胡思乱想,经常一个人坐着发呆,有时候父母跟她说话她也半天没反应。婷婷叫她,她也似乎听不见,像个木头人一样。她想起万庭春节在家里的表现,总觉得哪里不对劲。这种疑虑使得她失魂落魄,患得患失。心情平复的时候她觉得似乎没有什么,一切正常;有时候忽然就发疯似的,觉得万庭肯定是有什么事情瞒着她,越想越是抓狂。

万庭走了不到一个月,雨燕又悄悄去了上海。这一次,她没有去工地找万庭,而是直接去了出租屋。

她打开门,地板砖很洁净,床铺铺得整整齐齐。她感叹万庭的独立生活能力越来越强了,他一直爱干净,现在是更整洁了。她把行李放下,从卧室转到洗手间,到厨房,又从厨房转到卧室。她仔细地检查床铺,床铺下面放着两双棉拖鞋,一双男式,一双女式,女式那双,正是她离开前穿过的,没有什么问题。她又走到衣柜前,柜子里放着万庭四季的衣服,外套挂成一排,上端大格子放着用来换洗的床单被罩,最底端是几格小抽屉,分别放着万庭的袜子、内裤。其他两个格子里放着雨燕上次没有带走的零散衣物。雨燕打开看看,随手在里面翻了两下。一条黑色的蕾丝内裤,像一个暗藏其中的间谍,突然暴露了身份,一览无余地展现在雨燕眼前,她当时就愣住了。

这种内裤不是她的风格,她从来不穿这种,觉得穿着不舒服。

她喜欢那种纯棉的或者莫代尔的质地，比较亲肤。以前万庭给她买过这种蕾丝内裤，还被她骂过，说这种内裤都是妖精穿的，良家妇女谁会穿这种内裤呢？你看那么一小片，还那么透，穿了跟没穿有什么区别！万庭委屈得不行，说这样性感呢，广告上都这么说呢。雨燕就狠狠骂了他，说他三观不正。后来，万庭再也不敢自作主张给她买这种内裤了。

不！那不是内裤，那分明是一枚核弹！她听到自己的世界山河破碎、轰然崩塌的声音，大脑里瞬间一片空白，好半天才回过神来。

冷静下来之后，她仍心怀侥幸地期待万庭能给自己一个合理的解释。也许是万庭偷偷给自己买的？或者万庭是想念自己了，一个大男人在外头不容易，买来安慰自己的？总之，这条内裤一定不是她雨燕的。过了一会儿，她又摇头，笑自己傻，都什么时候了，还在给万庭找理由。万庭有外遇，这已经是秃子头上的虱子——明摆着了。她又想起万庭在春节里的表现，以及那块慕斯蛋糕，还有那个买慕斯蛋糕的姑娘。她把这几件事情联系在了一起，忽然有了一种顿悟的感觉。

之前在家里疑神疑鬼的时候，她觉得自己快要疯了，如今看到这条内裤，她心里反而像一块石头落了地，甚至有一种自己的直觉被证实了的成就感。她为自己的逻辑严密而暗自感叹，如今需要的，只是万庭亲口承认了。坐了半天的车，她粒米未进，却并不觉得饿。但是为了肚里的孩子，她还是坚持着给自己煮了碗阳春面，里面卧了两只今天从家里带来的土鸡蛋。只吃了一小碗，她就吃不下了。

夜色渐浓，她又累又乏，躺在床上，一会儿就睡着了。她做了个梦，梦里那个买蛋糕的姑娘和万庭一起肩并肩地来到万庭居住的地方，在这张床上极尽缠绵。走的时候，她还换下了一条内裤，她把它手洗了晾在阳台上，黑色的蕾丝内裤迎风飘扬，像是对雨燕的嘲弄，雨燕心里升起一阵阵的恨意。

不记得过了多久，她听到门锁转动的声音，马上就坐了起来。

万庭进门之后，见到雨燕，先是大惊，接着把雨燕数落了一顿："你现在怀着孕，怎么招呼不打一声就跑来了呢？万一出点什么事情可怎么好？"

雨燕倒是不理他那一番担心，而是直接问万庭："别假惺惺的了，说吧，那个女人到底是谁？"

万庭一副无辜的表情："什么女人？天地良心，我从来没有做过任何对不起你的事情，我从来没有想过，就算真的想过，我也不敢这么做。"雨燕就从抽屉里拿出了那条黑色蕾丝内裤，扔在万庭的面前："这内裤，怎么解释？"

万庭看了内裤一眼，愣了几秒，忽然哈哈大笑。

"这个内裤，是我昨天在窗台上捡来的。"万庭神色从容地说。

"你觉得我是这么好糊弄的吗？"

"是真的，我当时看这个内裤质量挺好的，想着可能是楼上哪个姑娘晾衣服掉的，也许人家还会过来找呢，我就把它先收了起来。"万庭一本正经地说。

雨燕抓起内裤往万庭脸上一扔，说："你当我是傻子吗？你简直是在侮辱我的智商。"

万庭说："别闹了行吗？今晚太忙了，一直加班，我晚饭还没吃呢。你吃了吗？我去煮点面吧。"说着就去厨房拿锅装水，却发现锅里还剩着一些面条。

"你吃过了？那我就把这个热了吃点算了。"万庭一边说一边准备打火，却被雨燕一把推开了。

"你今天不把话说清楚，就别吃我做的饭。"雨燕盛气凌人地说。

"别闹了行吗？什么事都没有，你让我说什么呢？"万庭说着又去拿暖壶倒了杯水，没想到雨燕把杯子一把抓起来扔进了垃圾桶。雨燕的任性和坏脾气，万庭是知道的，所以他也不再坚持。万庭一屁股坐在床头，一言不发，垂头丧气，像一只丧家犬。

雨燕继续追问，万庭却是咬死了那句话："内裤是在窗台上捡的。"雨燕仍旧不信。万庭说："不信我们到楼上挨家挨户问问，这楼上十几层呢，保不齐是哪户丢的。"雨燕说："你就使劲编吧，当我三岁小孩吗？"然后开始列举他的种种罪状，说一句哭一句。万庭想使用美男计也不灵了，雨燕用尽各种污言秽语来骂他，直到她骂累了，实在骂不动了的时候，天也亮了。

折腾了一夜，雨燕实在是累了。万庭走了之后，她就躺在床上睡着了。迷糊中，雨燕被一阵电话铃声吵醒，她一看，是亲戚打来的。

"雨燕，万庭出事了，你赶紧来看一下。"

"他就算死了也跟我没关系。"雨燕啪地挂了电话，她心中余怒未消。

电话铃声又响了起来，非常执着，是大明打来的。

大明在电话里带着哭腔说："嫂子，你可要挺住呀，庭哥出事了！早上工地停电，他去接电线，误把火线当零线，人当场就没了。他怎么会犯这种低级错误呢？今天早上我看他气色很差，精神恍惚，早知道就不该让他去呀！"

雨燕拿着电话，整个人像被电击了一样，欲哭无泪，她的天，这次是真的塌了。

几天后，雨燕在出租房里整理万庭的遗物。她把东西都打了包，准备寄回老家。这时，她似乎看到有个东西从楼上飘了下来，落在窗台上。她走近一看，竟然是一条蕾丝内裤……

一起旅行

夜色渐渐暗下来，她领着四岁的儿子，跟在他身后，先是穿过一条阴暗潮湿的小路，又拐进了一条曲折狭窄的小巷，终于在一处旧居民楼前停了下来。前来接应的是个二十多岁的女孩，她从口袋里掏出一把钥匙，试了半天，才打开房门。进到院子里，一股潮湿发霉的气息扑鼻而来。她皱了皱眉头，冲身边的他翻了一个白眼。他将手指放在唇边，轻轻地说："别着急，进去看看再说。"说完跟着女孩进了院门左侧的一个房间。儿子拉着她的手，紧紧地靠在她身边，说："妈妈，我害怕。"她马上把儿子抱在怀里。

刚踏入房内，她立即被一股刺鼻的味道呛了一下，儿子也马上咳嗽起来。她恨不得转身就走，却被他一把拉住了。

"进去看看吧。"他说。

一进门就是一个简易客厅，如果那可以叫作客厅的话，它小得只容得下一个两人坐的方桌。桌子旁边是一条深紫色木头楼梯，油漆在昏暗的灯光下透着暗紫色的光泽，仿佛还没有完全干透。难怪味道这么刺鼻。

她止住脚步："不用看了，这房子不能住。"

他却已经上楼去,这里看看那里看看。她一手捂住儿子的鼻子,说:"要住你住,我跟儿子不住。"说完,抱着儿子出了房间。

不过一会儿光景,天色已经完全黑了下来。乌漆麻黑的巷子里,偶尔有零星的灯光透进来,她心里慌慌的,又很生气。这哪里是出来度假,简直就是逃难。

门开了,他和女孩说话的声音传了出来。

"你这房子跟照片上的不一样,差距好大。"

"哪里不一样了?完全实景拍摄的。"

"这个房子明显是刚刚装修好的,味道那么重,根本不能住人。"

"已经装修好几个月了,昨天我们还有人住的。"

"我们还带着孩子,这味道太重了,真的住不了,你给退房吧。"

"退房也可以,要扣掉两百块房费。"

"这个没有道理,明明是你们的问题。"

"你不住不代表别人不住,你耽误了我们接别的订单。"

"那退一百吧。"

"这个不行,我不是房东,我也是打工的,我跟房东没法交代。"

"好吧,退了。"

踩着泥泞,原路返回,她心中很恼火,对他说:"你偏要住民宿,很多民宿管理根本不规范,网上照片看起来都很美,一到现场,就跟与网友见面似的,直接见光死。"

"这只是个案,大部分都很好啊!现在国外都很流行住民宿,只有你这种人才喜欢住酒店。"他振振有词。

"星级酒店的软件和硬件都有严格的考核标准，管理比较规范。民宿却是鱼龙混杂，卫生和安全方面都存在隐患，服务更是跟不上，很多好评都是刷出来的。"她有些愤然。

她想起上次去垦丁，看起来很漂亮的海景房，对面却是一片墓地。到达那里的时候已经是晚上，房子里没有食物，也不提供用餐服务，出门吃饭必须要去镇上的商业街，走过去要二十分钟，而去往商业街必须要穿过那片墓地，当时她内心几乎要崩溃。那套网上看起来花里胡哨的海景房，只是在颜色使用上比较大胆，看起来比较炫，仔细一看，细节质量都很差，价格却不菲，而且居然没有一扇像样的门，更不用说防盗门。整套房子只有一扇简易的玻璃门，看起来一脚就能踹开的样子。洗手间的窗户面对着马路，偌大的窗户上居然连一根围栏都没有，看起来能穿过一个成人的身体，这让她非常没有安全感。她从小就对陌生的环境怀有警惕。尤其是最近看了很多关于安全隐患的文章，很多游客被贩卖被杀害之类的案件画面在她脑海里晃来晃去，她紧张得几乎要哭出来，那一晚她一直盯着洗手间的方向，整夜都没有合眼。她抱怨了几句，他并没有安慰她，只觉得她很挑剔。

"为什么我的安排你总是不满意？我花费很多心思却从来得不到你一句夸奖。"他似乎更委屈。

他去取车，她领着孩子在马路边等着，眼看着时间已经快晚上八点了。她担心再晚就订不到酒店，于是马上打开手机里的大众点评APP，订了一家五星级规格的酒店，一千一百元。这个价格比平时贵了三百块，而且只剩下最后一间。等他取车回来，她说:"我订好酒店了。"

他态度很凶地冲她嚷道:"谁让你订的?你为什么就不能等等我呢?"他咄咄逼人的样子,简直像要把她吃进肚里。

她本来想说,再晚就订不到酒店了,说出口的却是:"我为什么就不能订呢?这么点小事我怎么就不能做主,必须要等你拍板呢?"她想起以前上班的时候,自己是业务部的高管,上千万的合同都是她来定夺。辞职当了全职太太以后,她连一千块的家都当不了了,心中不免又委屈起来。

他仍然喋喋不休,盯着她问:"为什么不等我回来再订?就十几分钟都等不及了吗?"

她被他问得越发委屈:"我花自己的钱,订最好的房间,你还指责我,凭什么?"虽然嘴上强硬,眼泪却流了下来。

儿子看到了,拉着她的衣角说:"妈妈,我们不要爸爸了,行不行?"

儿子一直是护着妈妈,站在她一边的。记得上一次吵架,是他出差回来,她在厨房里忙前忙后,做了一桌子菜,却被他批评不好吃,这个太咸那个太淡,她气得大哭。他很莫名,觉得指出不足只是为了让她进步,而她觉得这是不爱她。两人为此大吵,他后来摔门而出。他回来的时候,儿子跑到他跟前对他说:"你刚才对妈妈太凶了,你把妈妈弄哭了,你这样是不对的。"这令她很欣慰。

他听了越发生气:"不要拉倒。"

她气得大哭，儿子也跟着哭。他见状，语气温和了些："酒店地址发给我，我来定位。"

开往酒店的路上，他一直嘟嘟囔囔："干吗要订老城区呢？老城区车多，非常堵，有这个价钱我们可以住到新区的套房了。"

她根本不想理他，但还是耐着性子解释："感受一个城市的文化和韵味，就是要去老城区。新城区有什么好看的？全国各地都差不多。"

他接着说："我们不是有车吗？再说了，如果这个酒店也不好呢？"

她很自信地说："不可能不好。"

路上很堵，他跟着导航，绕来绕去，不停地抱怨："谁出来玩会住到老城区呢？又贵又堵。你就是不听我的。"

她撇了撇嘴，很不屑："刚才不是听了你的，结果呢？你订的那地方能住人吗？"

一路上两人都气呼呼的，七拐八拐的，总算找到了酒店。是别墅式的中式院落，非常幽静典雅。服务员穿着中式长衫，彬彬有礼，话虽不多，但恰到好处，让人感到很舒适，心情也跟着好了起来。房间里布置得很精致，低调中透着华贵。她有些得意地看了他一眼，他很克制地说："嗯，还行吧。"

她一直觉得自己的品位比他高，虽然他是上市公司的高管，经常满世界飞，但是在衣食住行方面，一直保持着勤俭节约的作风。穷人家出来的孩子，都是会赚不会花。这原本不算是缺点，但是总会让她感到不满意。尤其是他平日总是很忙，难得一家人出门旅行，弄得这么紧张兮兮的做什么呢？他们又不是住不起。

所以她总是联想到，是他不够爱她，所以才这样斤斤计较。每次旅行，几乎都要吵架，吵到她对婚姻失去信心。她有时候想，自己辞职在家是不是真的错了？虽然她在家也没有闲着，一直在做投资，经济上依然独立，辞职之后，并没有伸手跟他要过生活费，反而比上班的时候多了更多的时间照顾家庭和孩子。她觉得他应该对她感恩，而不是轻视。但是别人不这么想，包括她的公婆及小姑子，都觉得是他在养家养她。每次到她家来做客，他们都在她面前有着说不出的自信，腰杆挺得直直的。

说起她的小姑子，比他小了整十岁，公公婆婆宠爱得近乎溺爱。小姑子刚大学毕业工作不久，每次过来，见到什么好就要什么。她每次都尽可能满足小姑子。她知道，男人想对家人尽孝尽责，女人是拦不住的，要么是光明正大地给，要么是偷偷地给。与其这样，还不如自己主动给。上次小姑子过来，看上了她的卡地亚镯子，那是他送她的结婚纪念日礼物。这个她不能给，但还是带小姑子去买了一个周大福的贵妃镯。对待公婆，她也是恭敬谦让。她自认做得无可挑剔。相比之下，他的表现，就让人大跌眼镜。有一次带双方父母一起出去逛街，他居然只给公婆买了饮料，她至今想来仍是生气，只能归结为他情商低，以此安慰自己。否则一纠结这些事情，就觉得这日子没法过。

他也并非一无是处。比如买婚房的时候，他们还没领结婚证，房子是两人共同出资的，他坚持在房产证上只写她一个人的名字。那时他并不富有，舍得倾其所有作为婚前财产送给一个女人，只能是因为爱。毕竟，上海的房子那么贵，多少情侣因为买房写名字而闹得劳燕分飞。他的这个决定，在日后很多个吵架的日子里，支撑她原谅他,走下去。

她去洗手间放水给儿子洗澡。洗手池和沐浴间被一道推拉门分割成两个房间,地面洁净得一尘不染。瓷白的椭圆形浴缸,在橘色暖光灯的照射下,散发着柔和的光芒。空气里散发着淡淡的香气。她拧开水阀,热水喷涌而出,很快就蓄满了一池。她给儿子脱了衣服,抱进浴缸。儿子拉着她的手说:"妈妈,你进来跟我一起洗。"

她刚想回应,他在一旁听见了,说:"你现在四岁了,都上幼儿园了,不能再跟妈妈一起洗澡了。"

儿子不乐意,嘟起嘴巴问:"为什么呀?"

"因为你是男生,妈妈是女生。爸爸进来陪你洗,好不好?"他说着就开始脱衣服。

"我不要,我不要,我要妈妈。"儿子使劲摆着双手。

他不高兴,说道:"臭小子,那你自己洗吧。"

她伸手去拿浴袍,准备脱衣服,却被他拦住了:"别惯着他,你站在外面帮他洗洗好了。儿子一天天大了,别在他面前光着身子。"

"他还那么小,你想多了。"她不以为然,不过也没有再坚持,而是把浴袍放回去,转身去拿洗发液,给儿子洗头发。

儿子说:"妈妈,你不要把洗发水弄到我眼睛里去哦,不然我会生气的。"

她让儿子盯着天花板看,这样洗发水就不会弄到眼睛里。儿子一边抬头看天花板,一边说:"上次爸爸帮我洗头发,就把洗发水弄到我眼睛里了,好辣。爸爸就是不靠谱。"

她听了只是笑。洗完头发，她又倒了些沐浴液涂在儿子身上，儿子怕痒，被涂得咯咯笑。她拿起花洒淋在他身上，冲去泡泡，拿浴巾将他的身子擦干，抱起来放到床上，又用吹风机吹干他的头发。

儿子躺在柔软的大床上，说："妈妈，这个房间好漂亮，我喜欢。爸爸订的房间我不喜欢。"

她用手指轻轻点着他的鼻子，说："小小年纪就知道享受。快睡吧，妈妈去洗澡。"

洗完澡回来，发现儿子已经睡着了。她端详着儿子的脸，鼻梁挺立，眼角长长，嘴角微微上翘，圆圆的脸，白皙的皮肤，看着比女孩儿还要精致。她俯身亲吻了一下儿子的额头，然后躺下准备睡觉，身子却被他从后面抱住了。

"儿子睡着了？"他轻轻地说，"我们到沙发上去吧。"

她知道他的意思，却一把推开了他的手，说："我很累了，睡觉吧。"她仍然在生他的气。

他放开了她的身子，嘟囔道："真是没有情趣，你现在眼里只有儿子。"然后，背对着她气呼呼地闷头大睡。

她听了不禁苦笑。就在两个小时前，他还对她那么凶，冲她大呼小叫。他都没有好好哄哄她，就指望她对他柔情蜜意吗？她是有血有肉的人，不是机器。她不跟他大吵大闹，没完没了，已经是很有修养了。她起身拉窗帘，借着路灯的光亮，看到窗户对面的墙壁上，一只壁虎在布满爬山虎的墙上爬来爬去，四处冲撞，像一只找不到出口的无头苍蝇。

早上醒来，他脸色不太好看，显然是对昨晚心怀不满。她装作没有看见,给儿子穿衣洗脸刷牙,然后去酒店大堂吃早餐。早餐很丰盛,环境也优雅。他心情似乎好了些,主动去给她倒茶,端点心,算是和好。他一向强势,从不低头认错,只会以这样的方式表示和解。

拙政园里,人头攒动。有人在做糖人,儿子看见了,拉着她的手不想走。儿子喜欢吃糖,但是为了保护他的牙齿,她平时尽量不让他吃。今天难得出来玩,她想破例一次。

她问儿子:"是不是想吃这个糖人?"并掏出钱包准备买,却被他阻止了:"别买,这个黏糊糊的,会弄得到处都是。"

"儿子想吃嘛,偶尔吃一回,这是小孩子的乐趣。"她试图解释。

他却开始咆哮了:"我就不明白,你为什么老是给他吃这些东西?"

她于是没有买,儿子却拉着妈妈的手,眼泪汪汪的,显然很失望。

她说:"你看,儿子都哭了。这么点小事,干吗要上纲上线的?吃一个又怎么了?"

他却开始责怪她:"他本来没想吃,是你怂恿他的,不知道你是怎么想的。"

她感觉心里堵得慌,却说不出话来。尽管她不愿意总是为一点小事就吵起来,可是人生又有多少大事呢?为什么在这些小事上,他从来不肯迁就她?为什么每次都要咄咄逼人,按照他的意愿行事?她心情一下沉到谷底,不想再跟他说话。

他却像没事人一样,到了一处景点,就主动要给她和儿子拍照，好像刚才的不愉快根本没有发生过一样。她木着脸，完全不在状态。她觉得这日子了无生趣，如果不是为了儿子，这样过下去真的没什么意思。她心中叹息，惊讶自己竟然有了这样的念头。她想起恋爱的时候，有时已经下班很晚，她回到家还要洗澡、洗头发，换上干净漂亮的衣服去奔赴与他的约会。每次见面，心情都像小鸟一样雀跃着，从来不会觉得累和无趣。而他从前对她，也是非常绅士、体贴。到底是哪里出了问题呢？究竟是她变了，还是他变了？有时他也抱怨说："你没有结婚前那样对我好了，以前我下班回来你还经常给我做 SPA 的，现在好久都没有过了，尤其是有了儿子之后。"她听了也没当回事，只说："我也很累，我还希望有人给我做 SPA 呢。"有了孩子之后，她每天只想能多睡一会儿。

　　园子里有一处卖中式服饰的服装店，她想进去看看，让他看着儿子。她试了几套改良式旗袍和棉麻服饰，周围人都说好看。她自己也觉得不错，问他怎么样，他却一直摇头："不好看，别买。"声音里有些不耐烦的味道。

　　她去换了自己的衣服，默默走了出来。以前恋爱时，一起逛街，不管多久，他都会耐心等着，并对她中意的衣服给予高度的赞美。结婚才五个年头，难道要这样一辈子到老？越想越觉得这样的日子了无生趣。天色也仿佛随着心情一下子暗了下来。她看了看天空，远处有大片大片的乌云一层层压过来，已经遮住了小半个太阳。凭着读书时学过的气象学知识，她对他说道："要变天了，一会儿估计要下暴雨，我们回去吧。"

　　他看了看天空，乌云忽然绕过了太阳，向远方推去，天色一下子又变得明亮起来。

"天空亮堂堂的,哪里会有暴雨呢?你想多了。"他不认可。

她看了看天色,说:"现在走还来得及。"

他仿佛没听见一样,抱起了儿子:"走,跟爸爸爬假山去。"她叹了口气,直摇头。

一刻钟左右,天色忽然又暗了下来,像是黄昏时的光景。不知从哪里刮来的狂风,一阵接一阵,园子里的树木瞬间被吹得东倒西歪,游客们开始四处乱窜。她往假山跑去,刚好看见他领着儿子迎面走来。她以极快的速度从他手里抱起儿子,急忙往亭子里钻。刚进入亭子,就听到噼里啪啦的声音。大颗大颗的雨点坠落下来,雨越下越大,越下越急,瞬间就暴雨如注。

"好吧,是你对了。"他说,"真奇怪,天气预报越来越不准了,只说今天是晴转阴,没说有暴雨。"

她没有理他。看着越刮越大的风,她紧紧抱着儿子,说:"宝贝,冷不冷?"

儿子很乖巧地依偎在妈妈怀里,说:"妈妈,我不冷。"

过了一阵子,雨小了一些。他说:"往外走吧,到车里就好了。"

她说:"先避避雨吧,等一下还会下大的。"

他却从她怀里抱起了儿子,说:"没事的,到车里就好了。这样等着也不是办法。"说着,抱起儿子就往园子门口跑去。她只好跟在后头,在园子门口的小店买了两把雨伞。

刚出园子,雨又大起来,马路上已经有许多积水。她的鞋子已经全部湿了,人走在马路上,就像在过河。

他一手撑伞，一手抱着儿子。风很大，雨伞有时歪在他那边，有时歪在儿子那边。他和儿子的衣服都被淋湿了。拐过一条马路，看见有一排商铺，她建议到商铺的屋檐下避避雨。风依然很大，马路旁边的树被吹得摇摇晃晃的，感觉马上就会倒下来的样子，简直堪比台风了。狂风卷着雨水斜斜地扫了过来，站在屋檐下，身上马上就被扫湿一片。他放下儿子，说："你们在这里等我，我去取车过来接你们。"

她制止了他："别去。这里离停车场还有一段距离，雨这么大，只怕车子容易熄火的，不安全。而且，我们三个人要在一起。"

他这次没有坚持，留了下来，看到旁边有个小超市，就招呼她过去。她抱着孩子进去了。老板娘看起来四十多岁，还算和善。她觉得不太好意思，就主动买了两瓶水、两条毛巾、一个吹风机。然后，她把儿子放到一个板凳上，用毛巾给他擦湿漉漉的头发，又把他已经淋湿的衣服脱下来，用吹风机吹干。她很担心儿子会感冒。衣服吹干后，她感到安心多了。

"过来把你的上衣也吹一下吧。"她对他说。

"不用，我没事。"

"快点过来。"她用命令的口气说。

他走了过来，把上衣脱了，递给她。她认认真真地用吹风机把每一处潮湿的地方吹着，衣服的颜色由深变浅了，衣服也就由湿变干了。他穿上吹干的衣服，感觉果然舒服了很多，不由得看了她一眼，说："今天怪我，没有听你的。但是，这天气，谁知道呢？"

"六月的天，孩子的脸，说变就变。"她淡淡地说。

天空响起阵阵惊雷，有时还伴有闪电。风很大，完全没有停歇的意思。门口的那棵香樟树被风吹得扭过来又扭过去，幅度很大。只听啪的一声，一根约有碗口粗、好几米长的树枝折断落了下来，一辆红色的马自达小轿车与折断下的树枝擦肩而过。

"好险！"他们和老板娘一起惊叫道。

天色越来越暗，他又想起身去取车，却被她一把拉住了："别去，再等等吧。雨太大了，还有闪电，不安全。"

儿子很安静，在她怀里一会儿就睡着了。

忽然，她感觉怀里很烫，赶紧用手摸着儿子的额头，儿子的额头滚烫滚烫。

"儿子发烧了。"她大惊失色，对他说。

"啊，不会吧？"他赶紧过来看，用下巴抵着儿子的额头。

"是发烧了。"他也紧张起来。

儿子之前有过高热惊厥。说起来，那是他的错。几个月前，乍暖还寒的季节，儿子外套都没有穿，就被他领下楼去玩，在外面灌了冷风，回到家就开始咳嗽，晚上就发起了高烧。她当时要送医院，他却执意不肯，说："发烧感冒都是正常的，不要动不动就去医院。我的同事们，孩子高烧40度都不去医院，都在家物理降温。抗生素用多了不好。"

偏偏家里的体温计出了故障，测出来的体温只有38度。他说："才38度，真的没事呢。"

于是一夜都没有去医院看，也没有给儿子喂药。她本来一直守着，守到半夜实在困了，就眯了一会儿。醒来只见儿子口吐白

《一起旅行》,沈帮彪 绘

沫、浑身滚烫，已经昏迷过去。她当时吓得眼泪都出来了，他还在一旁呼呼大睡。她赶紧叫醒他，两人驱车带儿子去医院。医生说，再晚一会儿就麻烦了。

好在最终有惊无险。如今想来，仍心有余悸。医生再三叮嘱，超过 38.5 度，一定要服药，并且采取降温措施。

从那以后，儿子只要一发烧，她就非常紧张。眼下儿子体温明显超过了 38.5 度，她急得手足无措，声音都变了："怎么办，怎么办？"

他站起身来："你别着急，我马上去买退烧药。"

老板娘热情地帮忙指路："往右直走，穿过两条马路，有一个药房。"

"千万要小心！"她望着他，再三叮嘱。

外面暴雨如注，狂风肆虐。他拿起一把伞走出超市，刚撑开，伞就被风吹翻了。他使劲掰了过来。刚掰过来，伞瞬间又被吹翻了。他直接把伞扔到了旁边的垃圾桶里，然后迈开双腿，朝老板娘指引的方向，在暴风雨中狂奔。他身上的衣服瞬间湿透，像被人端了盆水从头浇过一样。忽然一道闪电从天空射下来，打在他旁边的树上，映出一道寒光。

她抱着儿子走到门口，望着他雨中奔跑的背影，在心里默默祈祷着，眼睛有些湿润。

风筝误 |

陈乔把行李箱放进普拉多的后备厢里，又折身回到房前，抱起徐丽手中领着的果果，在她的小脸蛋上亲了又亲，又在她耳边叮嘱她："乖宝贝，在家听妈妈的话，爸爸回来给你买小猪佩奇。"

果果抱着爸爸的脖子不撒手，徐丽伸手去抱她，嘴里嗔怒着："果果，别闹了，快下来。"

果果撇着小嘴回到妈妈的怀中，陈乔想顺势在徐丽的脸上也亲一口，徐丽动作飞快地扭过脸去，嘀咕道："不早了，快去吧，路上慢点。"

陈乔对徐丽绽开阳光般的笑容，这笑容让人感觉生活充满希望。徐丽喜欢他笑的样子，三十好几的人了，看起来还像个大男孩。陈乔走到车跟前，又回过身来对徐丽说："冰箱里的水果要记得吃，看书不要太晚，不要熬夜写东西。"

看到徐丽点头，他才打开车门，坐进了驾驶座。

白色宽大的车身像一头白色巨兽，在门前转了个弯，便沿着小区内的蜿蜒小道一路向西大门蹿了出去。徐丽望着车子逐渐驶离，心里如释重负。陈乔一出差就是十天半个月。以前陈乔一说要出差了，徐丽都会伤感和不舍，这次却觉得一身轻松。她抬头望了望天空，天边的夕阳正悄悄躲进薄薄的云层，透出红色的霞光，像是怀春的少女脸上的红晕。

徐丽领着果果回到房间里，将果果交给了家里的保姆王阿姨，并叮嘱她："看好孩子，我有事要出去一下，晚饭不用等我了。幼儿园这周病毒传播得厉害，果果这两天不用上学，外面公共区域也别去，容易被传染，就在花园里玩好了。"

王阿姨轻描淡写地应了一声："好，我的小姐，你就放心去吧。"

徐丽走到门口发现忘了带车钥匙，又回到房间，在书桌的抽屉里摸了一圈，拿到了印着蓝天白云图案的车钥匙。那是她三年前在企业上班时，因为取得很好的业绩而奖励自己的礼物。刚要去车库，她忽然又走到厨房，对正在里面切水果的王阿姨说："一定要看好果果啊，千万别大意了！"

徐丽对王阿姨总是有些不放心，但是王阿姨是陈乔父母从老家介绍来的乡亲，五十多岁，人长得很壮实，烧得一手好菜，陈乔在家吃饭的时候常说："在外面吃山珍海味，不及在家吃王阿姨烧的饭可口，一入口就知道是家乡的味道。"

也就是因为这一点，徐丽不得不尽量包容王阿姨的其他缺点：比如说话嗓门很大、爱占小便宜、做事情比较粗心……有几次让她送果果上学，人带去了，书包还落在了家里。徐丽对她说："还好你不是把孩子给忘了。"

于是平日里，她都是尽量自己带着孩子，包括接送上学。今天她不得不把果果放在家里，交给王阿姨照看。因为她今天要去机场接一个人，而且是一个男人，带着果果委实有些不方便。

一个多月前，徐丽收到一份邀请函，来自T城的文学期刊杂志社，他们要举办一个作者交流会。因为她今年年初在那个文学期刊上发表过一部中篇小说，那个文学期刊在国内比较知名，虽然离家有点远，但她还是跋山涉水地去了。刚好那段时间父母来这小住，她就很放心地把果果放在了家里。她坐高铁到T城，出了高铁又用滴滴软件打车，一路上提心吊胆的，眼睛盯着司机，心里老想着前段时间郑州空姐和温州女孩用滴滴打车被害的事件。想到自己今天穿的低胸长裙也很性感，于是赶紧从包里拿出一条丝巾遮住了一对显山露水的酥胸。滴滴司机稍微有一点动作，她浑身的汗毛都要竖起来。好在一路平安，司机除了偶尔从后视镜中悄悄地看过她几回，什么事也没有发生，滴滴司机平稳安全地把她带到了目的地。

到达T城的时候，天已经黑了下来，街上亮起了霓虹灯，新奇中带着陌生。比起上海，T城人少了点，楼矮了些，人的着装看上去明显低调和朴素些，有一种接地气的闲淡和舒适。

那是一个地方性的酒店，大概四星级的规格。徐丽去一楼的洗手间补了一下妆，整了整衣服。虽然一路舟车劳顿，她的气色依然很好。她穿着高跟鞋，因此走得很慢。还有那条她最喜欢的V领黑色长裙，拉链开在右侧，直到腋下，腰身收得刚刚好，把她原本就玲珑的曲线修饰得更加凹凸有致。她扯去了围在胸前的那条丝巾，一对"山峰"傲然挺立，随着她的莲步款摆，时隐时现。她对自己的身材很自信，不管去哪，所到之处都有艳冠群芳的底气。这得益于她长期自律的生活，和优渥的物质条件对自己的细致呵护。从这点上来说,她得感谢陈乔。虽然她曾经也很能赚钱,在职场上叱咤风云过,但是如果没有陈乔,她不可能这么年轻就在大上海过上锦衣玉食的生活,还能无忧无虑追逐自己的文学梦。

她在前台登记了一下,顺着指示牌来到酒店二楼会议室,一场气氛热烈的交流会正在进行中。与其说,那是一场作者交流会,不如说,那是一场酒会。也许是她来得迟了些,总之她到的时候,目光所及,不是她心中设想的那种中规中矩的作者交流会。她来时看过名单,不少知名作家位列其中。来到现场,她却鲜有能够对得上号的。她后来才知道,这次知名作家只来了几个,大部分都是和她一样的普通作者。她茫然四顾,不知所措,没有人主动来跟她打招呼。大家都很忙的样子,三三两两地聚在一起,好像他们彼此都是深交。有一个相貌平庸且长得近乎中性的女人,面前围着好些人,有男有女,对她极尽溢美之词。徐丽恍惚想起这个女人有点眼熟,脑子里转了半天终于对上了号。据说她这几年发表了不少作品,势头很猛,刚获过一些国内的知名奖项。徐丽身着一袭华美的衣服,顶着俊美的五官,却没有能够吸引众人的目光。这个圈子真是势利啊!曾经听文友感慨,这个圈子只以作品和名气说话,其他都是没用的。毕竟她只是一个名不见经传的作者。这时,有酒店服务员端来一个茶盘,上面放着几杯红酒和干白。她端了一杯红酒,像喝饮料一样一饮而尽。红酒不是这么喝的,但是这个时候她有些失落,需要喝点酒来给自己提提神。她不远千里奔赴此地,不是来感受这种冷落的。

她又拿了一杯红酒,找个位子先坐了下来,望着眼前像蜜蜂围着花朵一样围着那些知名作家的作者,心里感觉一阵凉意。过

《风筝误》,沈帮彪 绘

了一会儿，终于有个人过来跟她打了个招呼，是一个肥硕的中年男子，右脸颊上长着一个黑色瘊子，非常显眼，像趴着的一只苍蝇。男子一张口就露出满口参差不齐的黄牙，一看就是吸烟过度。他带着色眯眯的眼神，对她说："你也是来参加作者交流会的吗？"

她反问："不像吗？"

男子说："有点。你写过什么作品？"

徐丽不喜欢的男人特征诸如"肥胖，嗜烟，长瘊子"，几乎被他占全了，于是不太想搭理他。但是看着除此之外并没有别人来跟自己打个招呼，她对他又有了一些善意。

"小说集，《不如一条狗》。"她淡淡地说。

"我没看过，不过听这名字，应该挺有意思的。"他近乎恭维地说。

徐丽想尽快结束话题，于是对他说了声："谢谢。"便不再说话。

男子还想继续跟她聊天，说："我是写现代诗的，你写诗吗？喜欢谁的诗？"说完，他向她举起了酒杯。

徐丽望着他那握着酒杯、被香烟熏得暗黄的手指，心中反感倍增，忽然就涌起一种想爆发的冲动。她心目中的诗人，应该是清瘦的、清新的，有着干净修长的手指和一身的书卷气。瞧他那满口黄牙、脑满肠肥的样子，哪点跟诗意沾边呢？

想到这里，徐丽没好气地说："我不写诗，也不读诗。大部分现代诗都是无病呻吟，不值得一读。"

男子被她的话惊到了，识趣地走开了。

徐丽坐在位子上继续接着喝红酒，望着会场上川流不息的人们，不知道自己来这里是要做什么。这种交流会，以后再也不会参加了。她对自己说，心情一下子变得很低落。

就在她被失落的潮水入侵得快要崩溃的时候，一个浑身自带光芒的男人，忽然从天而降。俊朗、挺拔、儒雅，有着一头乌黑浓密的头发，四十岁出头，他毫无疑问是全场最好看的男人。他向她走了过来，手里端着一杯红酒。

"Hi，你是徐丽吗？我是这次活动的主办方负责人陈林木。"他伸出了一只手来。

"哦，你就是陈主编。久仰久仰。"徐丽伸出手握了他的手。他的手掌绵绵的，很厚实，让人有一种敦厚的踏实感。

"不好意思，太忙了，照顾得不周到。你没有过去跟大家聊聊？"

"哦，都不太认识。"她讪讪地笑着。

"来，跟我过来，我给你介绍一下。"陈林木不容分说地引领着她，到每一小簇人群跟前打招呼，隆重介绍了徐丽，并高度评价了她发表在期刊上的小说，对她用了"美貌与智慧并存，新锐小说家"这样的字眼。之前视她为空气的那些人，好像是刚刚才看见她出现一样，表现出了极大的热情和善意，纷纷对她举杯，溢美之词像雪花一般飞来，让徐丽之前的失落一扫而空。

他的赞美自然是有些夸大其词了，然而他的善意，让她心中充满感激。他们聊了很多，关于文学、关于生活，原来他们竟有那么多共同语言，连他那略带乡音的普通话，听起来都有着别样的亲切，丝毫不觉得土气。酒逢知己千杯少，她一高兴，又跟他喝了好几杯。她看得出来，他对她有好感，他的眼神里藏着欣赏、怜爱以及克制着的心动。徐丽从少女时代,就频繁受到男孩的爱慕,炼就了一双火眼金睛。但凡是爱慕的眼神,再怎么掩饰,也逃脱不了徐丽的法眼。

晚宴结束后,很多本地的作者都回去了,她和一些外地的留了下来,晚上就住在这个酒店。陈林木家在本市,他把大家安顿好了之后,就叫了代驾开车回家。半路上,他又打电话过来问徐丽感觉怎么样,他说徐丽今晚喝了不少酒,有些不放心。徐丽此时正在半梦半醒之间,说口渴得厉害,躺在床上,感觉头脑昏沉。他竟然马上又折身返回酒店,敲门而入,帮她烧水、泡茶,用两个杯子来回倒腾,想尽快把水晾凉了好给她喝。那专注而虔诚的模样,像一个在玩玩具的小男孩,天真无邪,让他看起来尤为可亲可爱。

陈林木把已经凉了的茶水端到床头递给徐丽,那份温柔与细致,让徐丽心里一阵感动,像是有蚂蚁从心头爬过,虽然细微却不容忽略,她忽然清醒了些。徐丽接过水杯的时候,手指轻轻地碰了一下他握着杯子的手指,水杯跟着微微地晃动了一下,水差点溢出来。她悄悄观察着他的反应,像一个调皮的小女孩。只见他很快就镇定地微微一笑,说:"小心点,拿好。"待她拿稳,他就落座在床边的单人沙发上,看着她一口一口地把一杯水喝完。那眼神,像是父亲看着女儿,慈爱而无邪。他从她手上拿过杯子,关切地问她:"难受吗?想不想吐,是否头晕?"坐了一会儿,看她状态稳定,就说如果没事的话,他现在就回去了。徐丽望着他,心中如有沟壑,起伏万千,嘴上却说着:"我感觉好多了,你早点回去休息吧。"

那天晚上，什么都没发生，陈林木就这样走了。走之前他帮徐丽又倒了一杯白开水放在床头，并叮嘱了一句："你一会儿起来把防盗链锁一下。"然后就关门而去，酒店房间的门在合上的瞬间发出砰的声响。徐丽当时心里咯噔了一下，竟感到有些失落。然而她日后想起这个场景，又觉得温暖、感动，回忆中带着一种纯洁的美好。

徐丽一边开车，一边想着这段并不久远的往事。那次交流会回来后，她经常会想起他，就像某段时间每次一睡着就做同样的梦。那张脸会经常在梦中突然清晰地出现，五官端正、眼神明亮、笑容温暖，有一种特别的魅力。她经常梦见自己与他面对面坐着，在一个宽大的书桌前，滔滔不绝地跟他讲着小说，关于《巴黎评论》，关于纳博科夫。他们讨论福克纳的《八月之光》、马尔克斯的《百年孤独》、胡安·鲁尔福的《佩德罗·巴拉莫》，比在上次的交流会上讨论得更广泛而深入。

她回来后，写了好几篇小说，但是没有一篇满意的。她写了又删，删了又写。有时候她会鄙视自己，有一种自卑感涌上心头。她把这些情绪默默地藏在内心深处，从来没有跟任何人说过，哪怕是陈林木。她有他的联系方式，电话、微信、单位地址，她全知道。她却什么都没有做。她想写出满意的作品，来让他及这个圈子中的人对自己真正地刮目相看。她从来没有想过要去主动打扰他。如果不是他主动打来电话，她可以把这件心事藏在心里一辈子。

她是昨天晚上接到陈林木的电话，说他今天要去国外参加一个文学交流会，要在她所在的城市转机，问她有没有时间见个面，吃一顿饭。她想都没想就答应了。她在心里设想过很多个与他重逢的场景，没想到会是这么自然而随意。他路过她的城市，并不是刻意而来，所以她不必有任何的心理负担。她是主人，有朋自远方来，尽地主之谊也是应该的。她为自己的理直气壮感到好笑。

她把车子停在机场附近，拿出高跟鞋换上，到出站口等他。他从汹涌的人流中走出来，她一眼就看见了他。人群中，他是那么气宇轩昂，有一种超然的气质。她喜欢他的眼神，温暖而明亮，带着一点淡淡的忧郁。她也喜欢他那一头乌黑浓密的头发，她固执地相信头发浓密的人会比较长情。

她请他去金茂大厦的自助餐厅用餐，看到他把取来的食物吃得一点不剩，并且把吃好的碗碟整整齐齐地叠在一起，认真中带着俏皮。他说小的时候家里很穷，养成了吃食物吃得很干净的习惯。她望着他，露出会意的笑。她也是穷孩子出身，对于有着同样背景的人总是自带亲切感。

饭后她带他去滨江大道走走，夏日的晚风吹过，带来一阵凉爽。她穿着高跟鞋和长裙，在过台阶处，他体贴地把手伸过来，要拉她一把。她把手伸进他的手掌里，感觉到他手心里的汗意，有着黏黏的潮湿，她听见对方的心跳像密集敲打的鼓点，也敲打在她的心上。登上台阶，他便放开了她的手，似乎是有意做出"发乎情止乎礼"的落落大方。

黄浦江的夜景很美，她提议带他去坐轮渡，他没有拒绝。这次她主动牵着他的手，越过闸门，飞奔着登上了船，脚步轻盈得像一对年轻的情侣。轮船上的人不多，有一对情侣站在围栏边，忘我地接起了法式舌吻，一看就是处于热恋中。他们的热吻给这夜色增添了浪漫与神秘的气氛。黄浦江的两岸已亮起璀璨的灯光，将夜色点缀得美轮美奂，置身船上，恍若在画中，让人生出一种远离尘世的幻觉。徐丽指着远处大厦身上"I LOVE SHANGHAI"的灯光秀图案给他看，却发现他此时正目光定定地望着自己，他的眼睛里闪烁着晶莹又温润的光芒，她的大脑瞬间一片空白。他无疑是喜欢她的，而她除了对他有好感，还有着某种期待。尤其是洗衣机事件之后，她感觉自己的生活一下子变得轻飘飘的，总想伸出手抓住点什么。

　　两周前，恰逢连绵多日的阴雨天气终于结束，迎来了许久不见的艳阳高照。王阿姨那阵子老家有事请了假。徐丽趁着丈夫陈乔出差之际，给家里来了个彻头彻尾的大扫除，当然也免不了一番洗洗晒晒。她把积压数日的衣服和床单被罩轮番塞进南阳台上那台使用了三年的海尔牌滚筒洗衣机里。她一边收拾房间，一边打开了客厅的小雅智能音箱，对着智能音箱说了一句："小雅小雅，我想听刘珂矣的歌。"

　　小雅说了一声："嗯，好的。"很快，耳畔传来一曲温婉的《风筝误》。她有段时间很迷恋刘珂矣的歌。正当她听得沉醉之际，忽然听见哪里啪的一声，音乐停止了，阳台上的洗衣机也进入了罢工状态。

　　徐丽吓了一跳，怔了一会儿才反应过来，其实是跳闸了。回过神来之后，她走到门口，踩着凳子翻开靠近天花板处的配电箱的盖子，果然发现有一排开关落下了。她用手轻轻往上一拨，只听啪的一声，随即是小雅的复位声。她走到阳台，又重新按了洗衣机的开关。只听啪的一声又跳闸了。反复这样循环了几次，她终于明白过来，问题出在洗衣机这里。一定是洗衣机哪里漏电导致短路了。她翻箱倒柜，也没有找出海尔洗衣机的保修单。后来干脆从网上搜了一下海尔的官方客服电话，并打了过去，经过一番沟通，她终于拿到了片区具体负责维修的工作人员的电话号码。

她按照得来的维修人员的电话号码拨了过去，一个男中音接了电话。她记不清洗衣机的型号，就三言两语简要描述了一下情况。对方让她报一下购买人的信息包括手机号码。她先是报了自己的，忽然意识到不对，洗衣机是丈夫陈乔买的，又马上更正了一下报过去。对方沉默了一会儿，说："你们当时买了两台同款洗衣机，分别是不同的地址，请问报修的是哪个地址？"

徐丽一下子蒙了，沉思了一下，问道："你那里显示的地址是哪两个？"

维修人员咕哝了一声，好像在说："你自己家的地址还要问我。"

不过他还是把地址念了一遍。徐丽拿出笔迅速地在保修单上记下了另一个陌生的地址。

挂了电话，她在百度上打出了"宛平南路255弄"，这个跟自己家的地址没有半毛钱关系的地方，网络上显示的是徐家汇花园。她关了电脑，瘫坐在沙发上，望着外面的炎炎烈日，只觉得心里凉飕飕的。她和陈乔于五年前结婚，并于三年前购买了当下居住的这套花园洋房。没有第二套房子，也没有买过第二台洗衣机，也从来没听陈乔说过他买了两台洗衣机的事。出于女人的敏感，这事基本上只有一个可能，那就是买来送人了。问题是，他买来送谁呢？婆家远在山东，公婆一年也就来一回，婆家也没有什么其他亲戚在上海。他比较要好的朋友自己基本上都认识，她对待他的朋友一向慷慨，如果是送给朋友，没有必要瞒着自己。那么只有一种可能，就是送给了他不想让她知道的人。更为要命的是，徐丽知道陈乔曾经有过一个女朋友，本地人，家就住在徐家汇。而且，陈乔曾经对那个女朋友一往情深，属于被分手的那种。这件事不能不让她产生联想，难道他们又死灰复燃了？尤其是陈乔如今今非昔比，这几年事业上发展迅猛，年纪轻轻就当上了美国上市公司的执行总裁。当年那个因为物质上的势利而离开他的女孩，重新对他燃起了旧情也是完全可能的。

这件事她在心里反复揣摩了好久，从一片小雪花，渐渐滚成了一个大雪球，时刻堵在她的胸口，冰冷而令人喘不过气来。她想过直接问陈乔，但是既怕打草惊蛇，也怕事情闹得没法收场。她也想过直接循着地址去看看，但心里似乎一直在害怕着什么。自从辞去工作回归家庭之后，她明显感觉自己不及以前强势了，做事情前多了许多考量。总之，她感觉自己还没有准备好。这件事之后，她对陈乔的感觉就变得怪怪的。陈乔对她越是温柔体贴周到，她越是觉得他肯定是做了什么对不起自己的事，心里就愈加烦躁。

再次见到陈林木的时候，她感到自己对他不只是好感，还增添了一种莫名的期待。她无法言说这种期待具体是什么，她不敢深入地去想。但是此时此刻，如果陈林木给她一个拥抱或者一个吻，她觉得自己可能不会拒绝。她甚至把身子往他身前靠了靠，似乎是想给他一些鼓励。

这时，忽然一首《风筝误》传过耳际，是她的手机在响。她赶紧低头一看，是王阿姨的来电。一种不祥的预感瞬间袭来，她马上接通手机，电话里传来王阿姨惊慌而焦急的声音："小姐，你快回来吧！果果刚才在花园里荡秋千的时候，她非让我用力推，可能她没抓稳，从秋千上摔了下来，磕破了头，流了好多血。我正带着她打车去儿童医院。"

旁边传来果果哇哇大哭的声音："妈妈，我要妈妈。"

果果的哭声令她心碎，而王阿姨的话令她火冒三丈，气得差点想要骂人。然而，想着孩子还在她手上，眼下还得依靠着她照顾，她只得深呼吸，忍了又忍。她尽量用平静的口气说了句："你们赶紧先去，我尽快赶到医院。"

挂了电话，她焦虑地在船上走来走去。陈林木听说之后，不知道如何是好，只是站在她身边，试图抓住她的手，给她一些安慰，却被她轻轻地挣脱了。她一边在船上走来走去，一边在嘴里念叨着："我就知道这个王阿姨不靠谱，我出门时就有预感。唉，都是我的错，不该把孩子放在家里。"

一向高冷的她，此时像祥林嫂。原本浪漫的轮渡之旅，现在成了煎熬。黄浦江的滔滔江水成了一锅沸腾的热汤，此时的轮船就像一口铁锅，正在争分夺秒地烹煮着她。船一靠岸，她就飞奔着出去，只是这次的脚步却是沉重的。她把他扔在身后，快到来不及说一声再见。跑到远处，恍惚听到陈林木在她身后喊道："你慢一点，别太着急。"

从浦西到浦东，一路拥堵。徐丽心急如焚，恨不得自己身上长着翅膀。这时候她清楚地意识到，果果对于她来说是多么重要，不，果果简直就是她的命。她想起当初生果果的时候是难产，生了两天一夜，医生甚至下达了保大人还是保孩子这样的通知书。听说陈乔签了保大人，她当时就流下了眼泪。幸运的是，她们一起闯过了那道鬼门关，平安回家。从那时候起，她和果果就已是生死之交。如果果果有个三长两短，她觉得一切都失去了意义，包括她热爱的文学，以及所谓的爱情，乃至她的整个人生。她甚至有个不好的心理暗示，觉得这是生活对她的提醒。

到达儿童医院的时候，人不多，医生已经给果果做了伤口处理，用医用胶水黏合了伤口，并打了破伤风针。果果一见到徐丽，就一头扑进她的怀里，哇哇大哭："妈妈，好疼。"

徐丽把果果抱在怀里，心疼伴着眼泪。

医生对徐丽说："好险，差一点就磕到眼睛。伤口有点深，三天后来复查一下吧。"

王阿姨在一旁低着头，紧张得大气也不敢出，看到徐丽的神情逐渐松弛下来，才小心地说："小姐，果果的医疗费用我刚才都交过了，这个钱算我的。"

回家的路上，徐丽的手机一直在响，是陈林木的来电。等红灯的时候，她给他发了一条微信："孩子没事了，放心吧！感谢您的关心，祝陈主编旅途愉快！"发完那条信息，她感到心里有些伤感，同时又觉得一阵轻松，犹如卸下了一件不得不舍弃的包袱。

几天后，她接到海尔洗衣机售后客服的来电，回访上次的洗衣机维修情况。她又想起了那台该死的洗衣机，脑子里忽然灵光一闪，问："你们上次说我先生当时买了两台同款的洗衣机，我想问问另外一台有没有报修过?"

客服说:"稍等,马上查一下。"过了一会儿,客服打来电话,说:"徐小姐你好,不好意思,系统显示,你先生的名下只有这一台洗衣机的购买记录,上次可能是我们的工作人员看错了。"

徐丽想起这段时间的种种情绪和纠结,又好气又好笑,毫不犹豫地给了个差评,然后就气呼呼地挂断了电话。过了一会儿,《风筝误》的电话铃声执着地响起,一遍又一遍,来电显示"海尔客服"。

……
  风筝误 误了梨花花又开
  风筝误 捂了金钗雪里埋
  风筝误 悟满相思挂苍苔
  听雨声 数几声 风会来
……

正在阳台上画画的果果,停下了手中的画笔,操心地问:"妈妈,你怎么不接电话呀?是不是爸爸打来的?"

烟花炮

多年以后，柳眉常回想起那个北风呼啸的夜晚，以及周小璐同学悄悄跟她透露的秘密。

那时，柳眉在皖北一个叫多楼的镇子读半寄宿中学。多楼的名字，更像一种美好的愿景。多楼镇的楼并不多，只在镇政府周围区域，有几栋像样的楼房，街上连路灯也不多见。去往柳眉家所在的柳村，十来里路，需经过一条长长的水泥公路、一座石头砌成的拱形桥、一条弯弯曲曲的羊肠小径。那条水泥公路上，没有路灯，一到晚上，出了镇子，就伸手不见五指，更别说那穿插于田野中的羊肠小径。即使有月亮的夜晚，幽僻的小径也空无一人，人们也不敢独自在外走动。尤其是，在那条羊肠小道两旁，是种着山楂树的坟岗。那个冬季，坟岗上刚增添了几座新的坟茔，夜里经常传来呜呜咽咽的哭声。

出于安全考虑，柳眉晚上就住在学校提供的简易宿舍里。宿舍是一间大平房，处在校园拐角一个僻静的院子里。平房里靠墙依序摆放着十几张上下铺的床，那里会集着好几个班级的女同学，柳眉就是在那里遇见了周小璐。

虽然不在同一个班级，彼此极少交谈，但因为经常低头不见抬头见的，目光交会时也会微笑致意。毕竟是中学生了，已经有了社交的意识和礼仪。用周小璐的话说，她对柳眉有一种莫名的亲近，柳眉比周小璐高一年级，以柳眉当时在各种考试中经常拿第一的成绩，也算是小有名气。周小璐对柳眉除了友好之外，甚至还有些微的崇拜。那天晚自习结束以后，柳眉回到宿舍，肚子饿得咕咕叫，就从下铺床头的矮柜里拿出中午从家里带来的馒头。正是长身体的年纪，经常会感到肚子饿，把从家里带馒头作为夜宵已经成为同学们的日常习惯。中午才蒸出来的馒头，在这寒冷的空气中待了半日，已变得冷冰冰。宿舍条件非常简陋，没有任何可以加热馒头的设备。学校的食堂则是由几个老师的家属在教师宿舍门前搭的简易棚子，做些家常饭菜，过了饭点就什么都没有了。外面风大，天又黑又冷，即使是镇子，冬天的晚上也是早早就没有什么人气了。柳眉坐在床头接着啃了几口馒头，尽量让它在嘴里多停留一会儿，再咽下去。

这时，周小璐朝柳眉走了过来。她留着齐耳短发，皮肤白皙，两边的脸颊红红的，像涂了腮红。她一手拎着开水壶，一手拿着一个罐子，径直走到柳眉身边，说："眉姐姐，我这里有热水，给你倒一杯吧。还有这个，是我妈腌的咸肉萝卜，你也尝尝。"

她说话声音软绵绵的，听起来很舒服，让人有一种自然而然的亲近感。柳眉推辞了一下，拗不过她的盛情，干脆就分了一个馒头给她，两个人坐在下铺的床边一起吃了起来。有了热水和咸肉萝卜，馒头变得可口了很多。

柳眉平日不是一个话多的人，但是周小璐说很喜欢她，一直默默关注她，拿她当作学习的榜样。柳眉心里暖暖的，话也多了起来，问她有几个兄弟姐妹，家在何处。一问，发现她和自己一样，家里有两个姐姐、两个妹妹、一个弟弟，同样的家庭构成和社会处境，瞬间拉近了她们之间的距离，原本就友善的彼此，变得更加惺惺相惜，无话不谈。

当周小璐说起自己的家住在周村时，柳眉忍不住插话："好巧啊，我二姐明天就要嫁到你们村去了。"周小璐听了很兴奋，忙问是哪家，柳眉说了未来二姐夫的名字。

"啊，周一沉？怎么是他？"从周小璐惊诧的语气和神情中，柳眉预感到一丝不妙。

"怎么了？"毕竟是大喜事，柳眉对周小璐那咋呼的表情，心里略有些不满。

周小璐欲言又止。

"快点说吧，到底有什么问题？"柳眉催促道，心里七上八下，唯恐听到不好的消息。

"眉姐姐，千万别说是我告诉你的，周一沉要是知道了，会杀了我的。"周小璐恳求着。

从周小璐压低了声音的叙述中，柳眉渐渐明白她刚才听到周一沉名字时的反应。

周一沉是几代单传，家里人对他非常溺爱，宠得不像话，自小缺乏管教。小时候做小恶，长大了就做大恶。半年多前，在一个伸手不见五指的夜晚，周一沉像一个幽灵一样，持刀闯入一户人家，意欲强奸一名同村女孩，被人发现后，被警察拘捕。因强奸未遂，加上家人花了很多钱找人周旋，才把他取保回来。出来后又聚众赌博，因为输钱不服气，把人家的胳膊砍掉了半个，然后逃跑了。警察到处找他，也不知找到没有。周一沉虽然年纪不大，但是在村里已是臭名昭著，几乎是"浑蛋"的代名词，人人唯恐避之不及，对他又恨又怕。

柳眉不敢相信周小璐描述的这个恶人是未来的二姐夫，那个长得高高帅帅、彬彬有礼，外表酷似年轻时周润发的周一沉。周小璐看出柳眉将信将疑，顿了顿，接着说："其实我本来不想说的，村里放电影的时候，周一沉经常趁乱把手伸进女孩子的衣服里，我也被他摸过好几次，女孩子看见他都吓得躲着走。他真的是个浑蛋，可不能让你姐姐嫁给他呀！"

周小璐最后这句话一直在柳眉的脑海中回荡着。

窗外，黑漆漆的，只有几处教师宿舍里还透着零零星星的灯光，北风呼啸着，像是有一场大雪即将来临。这样的夜晚，柳眉想起了坟岗里哭泣的声音，以及那座石拱桥，根本没有勇气独自回家。她想让周小璐陪她一起去，周小璐吓得脸都变绿了，慌忙拒绝着："如果我去你家的话，所有人都会知道是我告的密，周一沉一定不会放过我的。"

柳眉鼓起勇气，骑着车子到校门口，刚要走出镇子，看见那条水泥路又黑又长，听见北风怒吼，鬼哭狼嚎一般。柳眉吓得马上折身往回骑。她实在太害怕了。

回到宿舍，她脱了衣服钻进被子里，身体因为紧张而瑟瑟发抖。先睡一觉吧，明天一早就回家告诉二姐和父母。她这样安慰自己。躺在床上，柳眉的眼睛盯着白色的天花板，身体一会儿翻过来一会儿翻过去，像患了多动症，引起睡在上铺同学的强烈抗

《烟花炮》,沈帮彪 绘

议。于是她只好强行把自己的四肢钉在床上不动，只留大脑在暗夜里飞速旋转着，像一台电影播放机。往事像电影里的镜头一一在眼前浮现。

从柳眉记事起，二姐就永远是忙碌的，不是怀里抱着弟弟，就是手里牵着妹妹。要么就是洗碗、洗衣服、下田割草、给牲畜喂食，总没闲着的时候。二姐的嘴唇薄薄的，嘴角上翘，伶牙俐齿。母亲说，二姐生气的时候，嘴唇一嘟起来，能拴一头牛。但是这并不影响她长得好看。父母都是热心肠的人，总有人来借东借西，有的东西借出去就找不到影儿了，要么还回来的时候走了样。但是村里人都知道，只要二姐在家，谁也别想轻易把东西借走，即使能够借走，也得做各种保证，背上沉重的心理负担。时间长了，大家来借东西都躲着二姐。家里曾有一匹白骡，被二姐照顾得极好，皮毛白亮亮的，气宇轩昂。常有人借去耕田拉车，白骡出门的时候身上干干净净，回来的时候总是脏兮兮的，眼皮和耳朵都耷拉着，很疲惫的样子。二姐就心疼，说不能再借给别人用了，这些人一点都不珍惜。有个叫柳诚的村民，一季总有好几回过来借白骡耕地拉车，父母都答应了，二姐却死活不同意，站在牲口棚跟前拦着不让牵，后来还是趁二姐出门上学了，才把白骡牵走。

白骡死去的时候，二姐哭得像个泪人，不少村民围观，柳诚也在其中。二姐说白骡就是被他们这些人给累死的。父母安慰她，白骡只是太老了。柳诚则笑着说："你这个嘴犟的丫头，以后给你找个厉害的婆家，看你还犟不犟。"大家都知道是句玩笑话，并没有人当真。

年复一年，日子一天天地流逝，弟弟妹妹都陆续脱离了二姐的怀抱，各自背着书包去上学了。农民工进城悄悄流行起来，柳诚也经常在外头跑，每次回到村里都是一副衣锦还乡的派头，在村民们的眼里算是有头有脸的人物，渐渐就有了一种说不出的威望。柳眉家因为父亲生意破产，渐渐势微，花销却越来越大，家境一年不如一年，加上父亲长期看病，债也渐渐地积起来了。光是从柳诚手里，就周转过几笔高利贷，拆东墙补西墙，已经成了家里的一种生存模式。

每次柳诚来串门，父母都拿出家里最好的酒菜来招待他。柳眉和姐妹们都不能上桌，只有在旁边看着的份儿。看着他在那张槐木质地的八仙桌上口若悬河，唾沫星子四溅，把那一贯愁容满面的父亲逗得开怀大笑，她们也感到一种快乐的满足。父母从小就教育她们，家里的好东西，要先用来招待客人，只要把场面应付过去，自己吃不吃并不打紧的。这场景似曾相识，想起小时候曾经频繁在家里出现的温州人，柳眉心里就多了一丝莫名的忧虑。

父亲原是从部队退伍回来的。适逢改革开放的浪潮，脑子活络的他，开始做一些粮食贸易，做得很顺利，渐渐积累了一些资本。多楼镇地处皖北淮河平原，属于暖温带半湿润季风气候，适宜桑树生长。有浙江来的商人，陆续在县城和镇上开了缫丝厂。农民采集桑叶用来养蚕，等蚕抽丝作茧后，再把蚕茧卖给缫丝厂，一年可养四季，利润非常可观，收入远远大过种植小麦。于是很多农民不再种植小麦和玉米，改种桑树。父亲从中看到了商机，与温州来的投资人一起大量收购桑树幼苗，再将其嫁接好之后卖给村民。生意做得很成功，规模越做越大，家里经常高朋满座，温州人是家里的常客，也是贵客。母亲和大姐每天都忙于准备饭菜，田地里种植的白菜囤满了整个地窖，一棵都不卖，只用来招待客人。家里养的几头猪，也留着杀给客人吃，一个冬季就被温州人吃个精光。来年，温州人建议父亲搞一笔大的，父亲本来很犹豫，温州人拍着胸脯说："怕什么？亏了由我担着。"于是父亲就把全部身家都投了进去。结果那一年，蚕茧产量供大于求，价格跌得厉害，很多蚕农亏得心寒，又把桑树苗砍了改种小麦。父亲嫁接好的桑树苗严重滞销，温州人跑路了，人影都找不到。父亲垫付的资金就全都打了水漂。家里不仅破产，还欠下了一笔外债。父亲气不过，胸中郁结，一下子就病倒了。从此就家境衰落，一家老小吃喝全部依靠土地的产出，连基本的温饱都成了问题。

　　柳诚来给二姐提亲的时候，父亲开始是拒绝的："小雪年纪还小，等等再说……"柳诚马上打断了父亲："先看看，又不是让现在结婚，村里的好小伙，都是早早就定了亲，下手晚了，好人家就被抢光了。这周家，房子大、田地多，家里的粮食堆满三间谷仓，一年到头都有余粮。而且，这孩子是我从小看着长大的，长得高大帅气，又是家中独苗，他父亲是村主任，和我是拜把子兄弟。这门亲事，说给别人我还不乐意，就你家小雪最配。"他言之凿凿的样子，说动了父母。

　　周村和柳村虽说同属于一个镇管辖，但是相距甚远。一个在镇子的最东边，一个在镇子的最西边。不仅如此，周村人均耕地比柳村要多出一倍来，而且土地肥沃，一样的面积，周村的产量就是比别处高很多。在周村,只要勤于耕耘,日子都能过得不错。因此周村的富庶,在镇上也是出了名的。这些年,十里八村的姑娘都争着往周村嫁,而且嫁过去的姑娘是一个比一个漂亮。

周家的条件,不仅打动了父亲,还打动了二姐柳雪。家里兄弟姐妹多,有一半是超生的,超生的孩子是没有土地的,收来的粮食除去公粮,根本喂不饱那多出来的几张嘴。父亲之前经商顺利,并不曾体会缺粮的艰辛。父亲破产病倒之后,再怎样勤俭、东拼西凑,一年到头总有几个月的粮食是接不上的。

柳雪从小就热爱劳动、热爱土地,初中毕业就辍学了,她说她不爱读书,就爱种地。作为一个农村人,她生来就是要种地的,她早早就从父母那里学会了所有的务农本领,播种除草、引渠灌溉、下地犁田、春耕秋收,样样都会。农忙的时候,大家最怕跟她一起下地干活,因为不干到日落西山,她是不会回家的。柳雪说她喜欢耕地多的人家,耕地多,意味着再也不愁没有粮食吃了。而缺粮的阴影,自从父亲破产后,一直笼罩着她的家。

柳雪听说周家人少地多时,当即就有了好感。后来一见面,发现周一沉长得五官俊朗、高大匀称,眉眼跟《上海滩》里许文强的扮演者周润发颇有几分相似,当场就动了心。周家也对柳雪很满意,于是很快就定了亲事,说好等个两三年再考虑结婚。

定亲那天,全家人都喜气洋洋,多年来被疾病折磨得面黄肌瘦的父亲,脸上也有了血色,神采奕奕。一辆扎着红色中国结的卡车在村子里招摇过市,两条长长的红丝带迎风飞舞。

卡车上装得满满当当,每一件礼品上面都用红绳扎着。四只木箱里是一年四季的衣服，光是冬天的呢子大衣就有两件，羽绒服、棉服也各有一件。这些衣服后来也都陆续地出现在柳眉刚刚开始发育的身子上，赢得过同学们不少的赞美。水缸里装着新鲜的猪肉和排骨，上面还沾着鲜红的血迹。一些缸里装着烟和酒。麻袋里装的是大米，一袋足有两百斤，共有五袋。皖北农民不种水稻，小麦和玉米是主要农作物。物以稀为贵，一斤大米可以换两斤小麦。柳诚指着五袋大米对柳眉的父亲说："以后，你们家再也不会缺粮食吃了！"父亲克制着内心的喜悦，从怀里掏出一盒烟来，从中取出两根，将一根递给柳诚，又急忙递上打火机："多亏了她诚叔，快抽一支烟吧。"母亲正在锅屋里忙活，不知是高兴的，还是被烟火熏的，不停地抹着眼泪。

周一沉现身的时候，村子里的村民都过来看了。他穿着笔直的藏青色西装，配着白衬衫、红领带，与这个朴素的村落有点儿格格不入。但是，很快，这种不协调就消失了。当他给前来的每个村民敬烟，根据父亲的指引亲切地称呼他们的时候，融洽的气息抹平了衣着差距带来的疏离感。被敬烟的村民，有的刚从田地里回来，赶紧把两只手在衣襟上蹭了又蹭，双手接过烟，像虔诚的信徒接过香火。刚把烟放在嘴上，周一沉的火就递了过来。村民们一边点头，一边说："好小伙啊！小雪有福气了！"如果是村里的姑娘和小媳妇过来，周一沉几句话就能把她们逗得哈哈笑。

柳雪的脸红扑扑的，洋溢着幸福的光芒。只有大姐柳叶嘟着嘴不高兴。柳叶五年前嫁到了县城，成为城里人。她从小就爱打扮，对于打扮有着特别的天赋。嫁到城里之后，拜了师父学习美容美发，她吃苦耐劳，又特别用心，加上天赋好，很快就学成出师，在沿街商铺开了属于自己的美容美发馆，生意做得挺红火。这几年也多亏她悄悄地帮衬着，一家人才能穿得像个样子。柳叶希望柳雪也跟着她嫁到城里去。柳雪辍学后去县城待过一阵子，但是很快就回来了，死活不肯再去。柳雪虽然看起来柔柔弱弱的，但是特别有主见，她一旦决定的事儿，九头牛也拉不回来。她当初要退学的时候，父亲坚决不同意，拿着鞭子在后面赶她，柳雪往那里一站，说："你就是打死我，我也不去学校了。"父亲只好作罢。

订婚后，周一沉来接柳雪去他家，说好第二天送回来，结果当天晚上，柳雪就独自回家了。父母问她："怎么这么早就回来了？"柳雪拨了拨额前的刘海，说："刚想起来明天要去邻村交刺绣，手里的刺绣活还有一些没有绣完。"那时，有几个温州人在隔壁村子搞了一个刺绣工作室，柳雪忙完农活就到那里拿些刺绣的活回来做。之后没有多久，她就被村里的小姐妹怂恿着去南方打工了。听说那里工资很高，柳雪说想给自己攒点嫁妆钱。这一去就是大半年，快过年了才回来。

柳雪刚从南方回来，周家就托柳诚上门求婚，说："孩子大了，早点完婚，早点了却心事。"这事当即就被柳家父母婉拒了，说好了两三年以后再考虑结婚，怎么才一年不到就催婚？而且这一年，柳雪又去了外地，两个人都没有在一起好好相处过，结婚有点仓促了。而且，家里连嫁妆都没来得及准备。

然而，柳诚被拒之后，过了几天又带着周一沉的父母登门来了。周一沉的父母从进柳村开始，就一直笑笑的，遇见每个村民都打招呼，不论男女都忙着递烟，极力表示友好，说话快人快语、干净利索，看起来很精明。

周父进到家里来，屁股刚落座，就马上换了一副神情，与刚才喜笑颜开的样子判若两人。没说几句话，他竟然开始抹眼泪，把柳雪父母吓坏了，父亲忙递毛巾，说："亲家，这是咋了？有话好好说。"

周父这才定了定神，说周一沉的奶奶得了癌症，日子不多了。她从小就宝贝这个孙子，希望死前能够看到他完婚，老人家就可以闭眼了，并且适时从随身携带的包里拿出一个硬纸袋来，看起来很厚实，递到父亲的手里，嘴里说着："我们对嫁妆不做任何要求，家里有树的话，就给打几件木制家具，没有也无所谓，你们家负担重，把小雪养大不容易。"

多楼镇有个风俗，女孩儿出嫁，不管收了多少礼金，都要一分不少地作为陪嫁还回去。否则，即使别人不说，到了婆家也会没有地位。父亲马上把硬纸袋推了回去，说："家里孩子多，虽然穷苦点，但是我们也不能卖女儿，结婚这个事得听听小雪的意见。"

正说着，柳雪就推门进来了，其实她已经在门外听了半天。她走上前，从周父手里接过那个硬纸袋，说："早晚都得嫁，早一点晚一点又有什么关系呢？只是，求婚这么大的事，为什么周一沉自己不来呢？"

周父看了周母一眼，一时语塞。周母只低头不停地搓手，脸上赔着小心的笑。

这时，柳诚在一旁接过话来："一沉的奶奶最近病得厉害，在县里住院呢，一沉一直陪在身边。这孩子是真的孝顺。"

父母耳根子很软，富有同情心，且对柳诚的话有着莫名的信任。而柳雪又没有什么意见，于是婚事就这么定下来了，一个月内完婚。母亲赶紧张罗人把南河沿几棵长得粗壮的洋槐树给砍了，又请了镇上技艺精湛的木匠队到家里来，白天黑夜地赶工做家具作为陪嫁。

对婚礼感到仓促的，还有大姐柳叶。她知道柳雪马上要出嫁的消息后，第二天就带着刚满三岁的宝宝顶着北风骑车到了柳村。宝宝吹了一路的冷风，下车就咳嗽起来。大姐也顾不得好好瞅瞅孩子，把车子一放，就领着宝宝急急忙忙地房前屋后去找父母。见到父母的第一句话就是："听说二妹的婚事要马上办了？到底怎么回事？"

母亲一边迎上前去抱孩子，一边把周家催婚的原因跟她说了。柳叶当即表态："二妹这个婚不能结。催得这么急，我感觉不太对劲。"

母亲看了一眼旁边的父亲，说："急是急了点，这不是人家奶奶病重嘛，也能理解。"

柳叶不以为然，马上就提高了嗓门："你们去了解过吗？真实情况是怎么样的？万一是装病呢？"

母亲瞪了柳叶一眼："你这孩子，说话越来越没谱了，谁会诅咒自己的亲人呢？可别瞎想了。再说了，就凭柳诚这种有头有脸的人，也不可能骗我们的。"

柳叶听了使劲摆手，很生气地说："柳诚是什么人？凭什么他的话你们就这么相信？你们要不是这么容易相信别人，做生意也不会被人家骗，你们现在也不会这么穷。"

旧事重提，父亲气得咳嗽起来。母亲忙去给他按摩胸口。

在一旁一直没说话的柳雪插话进来，对柳叶说："大姐，我的婚事，你就别管了。你还是先管好你自己吧。"

柳雪话里有话。

柳叶比柳雪大四岁，自小到大，柳叶吵架从来都吵不过柳雪。即使本来是柳叶在理，经柳雪那张小嘴一说，柳叶就变成了没理的了，挨批挨骂的总是她。为此，柳叶一直说父母偏心。她对这个妹妹完全没有办法。

柳雪辍学以后，曾经去柳叶的美容美发馆学习过一段时间，去了三个月就坚决回来了，说不喜欢城里的生活。其实是因为，柳雪去了之后才发现，柳叶过得并不幸福，跟姐夫三天一小吵，五天一大吵。但是为了避免让父母担心，她们约定不跟父母说这些。柳雪如今突然这么说话，柳叶没有心理准备，一下子被噎住了，半天说不出话来，气得午饭都没有留下来吃，走前撂下一句："二妹，不听我的话，你会后悔的。"

柳雪赌气似的把嘴巴嘟得老高，说："我自己选的路，错了我一个人担着。"

柳眉翻来覆去一夜没睡，把这段往事翻了一遍。

天一亮，她就从床上爬了起来，同学们还在熟睡着。她轻手轻脚地推开门，北风仍旧嘶吼着，气势汹汹，像要把人吞进肚里。天空慢慢飘起了雪花，落在柳眉的头上、脸上、眼睫毛上，有些飘进了她的嘴里，心中涌起阵阵寒意。刚拐上那条长长的水泥公路，只听啪的一声，柳眉低头一看，是自行车链子断了，真是屋漏偏逢连夜雨啊！雪越下越大，柳眉急得想哭。但是哭也没用，她只好推着车子往家走，两只手很快就冻得像一把胡萝卜。她好几次都想停下来，但是想到柳雪，想到她亲爱的二姐马上就要跳入火坑，她这个时候无论如何不能退缩，必须得赶在二姐出嫁前阻止她。

柳雪比她大五岁，虽然也打过她、睡觉的时候把她一脚踹下床、把她的衣服从洗衣盆里拣出来扔到地上过，但那都是小时候的事情了呀！哪有兄弟姐妹不打架呢？多数时候柳雪还是让着她的。有一回冬天，柳眉吃完饭主动要去洗碗，父亲说："小眉，你不要洗碗，手会冻裂的，让你二姐洗。"伶牙俐齿的柳雪马上回应着："难道我的手是铁打的吗?"却还是走过去推开了柳眉，对她说："你的手是用来写字的，好好写吧。"自那以后，柳眉回到家，柳雪总不让她做家务，只让她专心看书。而且，随着年龄的增长，她们的感情是越来越好了。冬天天冷，柳眉没有一件像样的棉衣。柳雪从南方回来，毫不犹豫就把自己定亲时买的大衣拿给柳眉穿，柳眉现在身上就正穿着那件红色呢子大衣呢，好看又暖和。

十来里路，走了三个多小时。快到家的时候，柳眉的双手已经完全麻了，心却因为紧张而怦怦直跳。雪花飞舞着，地面上开始变得洁白起来。

在村口，远远地就能看见自己家很热闹，门口的大片空地上已经支起了一个大大的帐篷，村民们都在帮忙，杀猪宰羊、烧火、备菜。这是柳村的传统，谁家有红白喜事，全村人都会跑来帮忙，每家至少出一个劳动力。柳眉到院子跟前的时候，看到柳诚正跟父亲坐在一起聊天，父亲的脸色蜡黄蜡黄的，似乎努力着想表露热情和喜悦的样子，但是又力不从心。柳眉想起了周小璐的话，心中对柳诚产生了一种深深的恨意："就是这个人，骗吃骗喝，还把二姐往火坑里推。"

这时，父亲看到了柳眉，对她说："小眉，怎么这个时候回来了？叫诚叔叔。"柳眉做出厌恶的表情，往柳诚身上狠狠地瞪了一眼，转身就去屋子里头寻二姐。父亲在后面轻轻骂了一声："这丫头……"

柳诚脸上露出尴尬的笑，嘴里打着圆场："没事，没事，她还是个孩子。"

柳眉在屋子里头找到了柳雪，她刚化完妆，光彩照人，正坐在镜子前左顾右盼。柳眉走进去，伸出两只冰凉的手从身后抱住了柳雪。

"小眉，不是马上考试了吗？你怎么跑回来了？瞧你的手，多凉！"柳雪转过身来，摸着柳眉的手。

柳眉的眼泪哗地流了出来，说："二姐，你今天不能出嫁。"

柳雪赶紧从桌子上拿过毛巾给柳眉擦眼泪，问："怎么了？小眉，你怎么会说出这样的话？"

柳眉就把周小璐的话一五一十地说给了柳雪听。

柳雪听完之后，像是霜打的茄子，那白皙粉嫩的脸，马上黯淡了下去露出青紫色来，肩膀不停地抖动着。

柳眉吓得把柳雪抱得紧紧的："二姐，你千万不能嫁给周一沉。"

柳雪沉默了好一会儿，抬头问柳眉："这些话你跟爸妈说了吗？"柳眉摇摇头："还没有。"

柳雪走过去把房门从里面反锁了，然后拉过柳眉，叹了一口气，说："小眉，你这事不要告诉爸妈，装作什么都不知道，好吗？"

小眉摇头："为什么？"

柳雪接着说："其实，我早就觉得周一沉有问题，我第一次去他们家，他就对我动手动脚的，我拒绝他，他还打了我一巴掌，事后又跟我道歉说是闹着玩。我当晚很生气就回家了。开始是没好意思跟家人说，我后来又想着，可能他还是太年轻不懂事吧。现在看来，这个人人品是有问题。但是，这个婚，现在是箭在弦上，不得不发了。亲戚朋友都来了，现在退婚，让爸妈的脸往哪里搁？"

柳眉急了："二姐，都什么时候了，你还考虑脸面。这是你一辈子的大事呀！"

柳雪说："小眉，不光是面子的事，咱家的情况你是知道的，周家送来的米面粮油早就用掉了，衣服也都穿了，你身上这件也是人家买的。"

柳眉马上脱掉身上的大衣，说："衣服还给他。"

柳雪苦笑着把大衣给柳眉穿上，说："小眉，爸这一年住了好几回院，彩礼钱都抵进去还不够，拿什么退给人家？"

柳眉说："那怎么办？算是欠他的，我们慢慢还。实在不行，跟大姐借啊！"

柳雪摇头："别说大姐也拿不出这么多钱来，就算能，也不能再跟大姐借。你知道大姐跟大姐夫为什么总吵架吗？就是因为大姐夫老是怀疑大姐把赚的钱贴补了娘家，每天都问她钱哪里去了。

我们不能再给大姐添麻烦了。"

柳眉低下头,眼睛里闪着泪花,声音里带着哭腔,一个劲地叹气:"怎么办?怎么办?"

柳雪把柳眉搂在怀里,举重若轻地说:"没事,人是可以改变的。周一沉就是缺乏管教,可能是交了一些不三不四的朋友,被带坏了。等我嫁过去了,我会管着他的,让他变得好起来,让他走正道。"

"真的可以吗?万一他被警察抓去坐牢呢?"柳眉抬起头,双眉紧蹙着,像一个成年人。

"没事,我会等他出来。你放心,我会改造他的,我能改造好他。你看他长得那么好看,根本不像一个坏人,对不对?"柳雪睁着一双大眼睛,泪光闪闪,像是对柳眉说,又像是对自己说。

"真的可以吗?"柳眉的眉头舒展开来,仿佛已经看到了周一沉被二姐改造成一个五讲四美的好青年。

"嗯!你千万不要告诉爸妈,爸最近病情又加重了,他不能再受什么刺激了。妈已经够苦了,我现在长大了,应该为她分担一些压力了。"

"嗯。"

"这是我们俩之间的秘密,谁也不能告诉,好吗?"

"嗯。"

"来,拉钩,一百年,不许变。"两根同样纤细修长的手指钩在一起,郑重其事。

门外响起噼里啪啦的鞭炮声,接着又响起了敲门声,母亲的声音传来:"小雪,迎亲的队伍来了,你赶紧准备一下。"

柳雪和迎亲的队伍离开村庄的时候,雪已经停了。白白的雪地上,断断续续地落了一层红色烟花炮的碎屑,在白雪的映衬下,红艳艳的,分外扎眼,远远望去,像散落的血迹。

箭在弦上 |

吴小琼目送着刚刚刷了卡的客人离开门店，一边使劲挥手，一边微笑着，确保对方即使猛然回头，也能看到自己立在原地。这是她的待客之道，深得不少老顾客的欢心。直到客人的身影消失在街道尽头的拐角处，她才将两道微笑着的目光收回，面无表情，从容得像收起一件熟悉的道具。轻轻反锁上店门，她走到屏风隔断后面的仓储间，把今天刚到的一批衣料归整好，又用右手在那块桑蚕丝面料上轻轻摩挲了一会儿，像抚摸着婴儿的脸，嘴角重新露出笑意。街上行人渐稀，灯光逐渐变暗，已过了打烊的时间。她还没打算离开，拿起一件即将收尾的旗袍，穿针引线，想做完领口的最后几粒盘扣。

"不可能有人比我更爱这个店，即便是那个爱财如命的老女人，也不及我对这个店用心。可那又怎么样呢？自己辛辛苦苦，到头来，还不是在为他人作嫁衣？一件定制旗袍零售价少则一两千块，多则几千甚至上万块，自己拿到手的却少得可怜。"

她一边缝着，一边想着心事。想着想着，她忽然有些不平，一种失意的感觉弥漫开来。

本来，她是有自己的门店的。二十年前，在故乡的春城，那里四季如春，旗袍全年可穿。祖传的旗袍制作手艺一直传到她这一代，据说太爷爷的爷爷是给皇宫里的慈禧太后做过衣服的。这个真实性有待考证，但是早年父亲的确曾跟着爷爷辗转北京、上海等地游学，做出的旗袍有一种说不出的精致和韵味。每年寒暑假，常有一些省城里服装设计专业的大学生慕名前来学习。耳濡目染之下，她五岁就帮忙递尺子，展布料；六岁就拿绣花针；八岁就开始裁衣。基于这一点，十八岁那年，病重多日的父亲临终前拉着她的手交代后事：

"小琼，只要做旗袍的手艺不丢，这辈子就有饭吃。你小的时候，爹给你和表哥林大志定过娃娃亲，你喜欢就嫁，不喜欢就算了，不要难为自己。"

吴小琼一边流泪一边拼命点头。

母亲早逝，父亲在给她留下一套街心口的门面房、一份祖传的手艺之后，安然地闭了眼。他口里的表哥林大志，是表姑妈的儿子。比她大四岁，自四年前去上海读大学，就像断了线的风筝，音信时有时无，渐渐销声匿迹。她去找过表姑妈几次，表姑妈话里话外，是儿大不由娘的无奈。想到自己和表哥的学历差距，她的心态渐渐平和。父亲死后，她便彻底断了这份念想。

二十岁那年，她鬼使神差地爱上了一个有妇之夫。那男人长着一双桃花眼，时常陪着太太一起来定制旗袍。挑选面料的时候，他那迷离的眼神，独特的温柔、细致、耐心，竟然让她动了春心。有次，男人过来帮太太取旗袍，似乎看穿了她的心事，从她手中接过旗袍的时候，顺便握住了她那双颤抖着的纤纤素手。绣着碎花图案的旗袍从袋中倏地滑落，桃花一片片，跌落一地，在一阵突然而至的兵荒马乱之中，时而展开，时而皱成一团，像某种暗示。只是她并未从中参出玄机，却深陷其中，大脑中整日充斥着那满地红艳艳的桃花。一次共进晚餐之时，她呕吐不止，未及她开口细说，那个温柔、细致、耐心的男人借口去洗手间，从此人间蒸发，再也联系不上。吴小琼绝望至极，吞了大量安眠药，被前来取衣服的客人发现并送到医院，人抢救过来了，手术并发症却使她切除了子宫，终生不能再孕。而且，在故乡春城，她从此声名狼藉。勾引有妇之夫的恶名，使得没有客人再光顾她的店，甚至连表姑妈也对她嗤之以鼻。她于是卖了店铺，以示决绝，从此远走他乡，最终来到眼前这座魔都。

魔都，是上海的民间叫法。她一来就喜欢上了这里。这里的人，不像故乡的小城那么八卦，有点什么事，不用过夜，就能传得满城风雨，尽人皆知。魔都不一样，海纳百川，不管你来自哪里，有着什么样的过去，根本不会有人关心。只要不违法乱纪，你可以想怎么活就怎么活。像吴小琼这种年过四十的女人，在老家，如果还单身，而且有着那样的过去，早被唾沫星子淹死了。而在上海，这个年纪还单身的女人，随手一抓就是一把，而且个个活色生香。

盘好最后一粒盘扣，她用牙齿咬断了线，恶狠狠地，像是要咬断那些前尘旧事。都说男人四十不惑，女人也是一样。前半生一步错，步步错。到了这个年纪，于吴小琼而言，婚姻已是可有可无的了，她已看得很淡。其实这些年，她命里从未断过桃花，但多是露水情缘。有些开始说得感天动地，要娶她，一听说她不能生育，就渐渐地疏远了。说来也怪，自打离开春城，日子就像是按年过的,她还没回过神来,怎么转眼就四十了?经历过一场死里逃生,她再也不会为了任何一个男人奔赴一场生死恋了。余生,她只想生活安稳、身体健康,遇见对胃口的人就谈谈恋爱,有时间就出去走走。如果说她对生活还有什么理想的话,那就是,她想有个自己的店,而不是给别人打工。甚至,也不能是租来的店铺,她要一间实实在在,属于自己的店铺,产权上写着自己的名字。就像那个老女人一样,干得动的时候,就自己干;干不动的时候,就请别人干,以后就靠着店铺养老。

虽说如今网购盛行,可是吴小琼知道,那些真正讲究的人,仍旧对手工定制情有独钟。尤其,那些有身份的太太,宁愿出高于网购的价格,到门店来量身定做旗袍。其实,吴小琼手里已积累了不少客户,有些已跟了她好些年,她曾尝试私下接一些单子,但效果并不理想。她知道,那些太太的心思缜密着呢,定制需要预付款,她们总是要冲着门店才放心。就说这家门店的 VIP 客户,她们敢不停地往卡里面充钱,就是因为知道,这间位于黄金地段的店铺,产权是属于老女人的。而那些租来的店铺,别看外表多么富丽堂皇,说卷铺盖走人就走人了。就说前阵子,社区附近那个健身房,那么大的规模,说跑路就跑路了。一打听,都是租来的场地。太太们现在可都精着呢!

想到老女人,她叹了一口气。虽然作为员工,她对老女人有很多不满,但同为女人,在某些方面,她又是同情和理解她的。老女人叫余娟,五十五岁,三十年前从外地嫁到上海,勤俭持家,吃苦耐劳,为了家庭奉献所有。十五年前,丈夫忽然有了外遇,毅然决然地选择离婚,九头牛都拉不回来。房子是丈夫的婚前财产，家里的存款也被老公把着，余娟基本上净身出户，一夜之间老了十岁。绝望之际，她去黄浦江边寻死，被一个在江边散步的服装店老板救了。服装店老板看她可怜，就带着她一起做事，几年后，余娟摸清了门路，就出来单干，并瞄准了手工制作旗袍这块业务。没想到生意做得红火，很快就把这间上下两百平方米的店铺买了下来。现在有房有车，日子过得很是滋润，男朋友比她还年轻。她性情也大变，把钱看得跟命一样重。她经常教育吴小琼：

"靠山山倒，靠河河干，女人就是要靠自己，要好好工作，有自己的事业，我的经历就是最好的例子。"

来上海二十年，吴小琼目睹现在居住的社区，从一片农田成为一片国际社区，房价从几千块到几万块。她十年前曾经看中一套两室一厅的房子，定金都交了又退了回来，如今价格已翻了好几倍。每次想起这件事，她肠子都悔青了。而她存进银行的钱逐年贬值，这两年全部取出来，买了一种互联网理财产品，没想到遭遇平台暴雷，大部分已血本无归。吴小琼跟着维权的人出去闹了几次，结果不了了之。看到那么多同病相怜的人，她也就认命了。买商铺的理想，渐渐成为一个遥不可及的梦。然而，最近这个念头，就像唱歌青的蛙的脖子，瘪下去又鼓起来，鼓起来又瘪下去，让她既难受又快活。此一时彼一时，如今，她与表哥林大志重逢了。

"他应该熬不了几年了。"她在心里盘算着。早上出门的时候，她看着眼前的林大志，总觉得有些恍惚。林大志在阳台上跟她挥手再见，才四十四岁的他，已经头发花白、面容枯黄，坐在轮椅上，护工小刘正在给他擦口水。

《箭在弦上》,沈帮彪 绘

离乡二十年，每年清明，吴小琼都雷打不动地回故乡的公墓扫墓。今年清明，她也一如既往地去了，却差点被吓着。一个戴着眼镜、穿着体面的男人跪在她父母的墓前大哭不止。吴小琼定了定神，想着这哪家的傻儿子哭错了坟。走到跟前一看，那张涕泪横流的脸上，眉尖处一块明晰的三角形疤痕，提醒她这是失联多年的表哥林大志。

吴小琼认出林大志的时候，林大志也抬起了脑袋，看到了吴小琼。吴小琼转身想避开，却被林大志一把拉住了胳膊，说："小琼，真的是你？"

吴小琼试图甩开他的手，林大志并不撒手，仿佛怕她跑了，迫不及待地说："上大二那年，我父亲患了心脏病，突然就去了。上海消费高，为了减轻家庭负担，几乎寒暑假我都留在学校勤工俭学。毕业时，没有背景和资源，想留在上海非常困难。而班里一个额头有胎记的女同学主动表白，说实话我根本不喜欢她，但是她让时任教导主任的父亲安排我毕业后留校任教，我就……"

吴小琼一边挣扎，一边说："别说了，我不想听。"

林大志接着说："小琼，我心里一直有你的。"

吴小琼不以为然："你以为我还会相信你吗？你们这些男人……"说着仍旧使劲往后挣，想逃离林大志。

林大志死死抱住了吴小琼，头低着，一副低眉顺眼的样子，像个做了错事的孩子："小琼，求求你，别走。"

"放开我，你这个骗子！"

"小琼，你的情况我听说了，都是我的错。我已经离婚了，请你给我个机会，我们重新开始好吗？"

"别说了，放开我。"

"好吧，说实话，其实，父亲去世后，是母亲以死相逼，让我和你分开，要求我一定要留在上海的。"

吴小琼呆住了，半天没说话。

"小琼，我母亲两年前就去世了。请你原谅她吧。"

吴小琼眼泪流了下来，不再挣扎。

她眼前浮现起小时候的场景：春暖花开的日子，林大志手里拿着个网兜捉蝴蝶，吴小琼像个跟屁虫一样，不离左右，跟着欢呼跳跃，呐喊助威。坐在草坪上的表姑妈，正在跟父亲聊天，指着他们俩说：

"看这两个小家伙，形影不离的，挺像是一对儿。"

父亲就顺着表姑妈的话，说："表妹，干脆结个娃娃亲，亲上加亲？"

没想到那个最先提出结亲的人，却最先反悔了。但是仔细想想，人往高处走，水往低处流。表姑妈有私心也是正常的。

吴小琼选择了原谅。她也想给自己一次机会。

他们一起回了上海。

之后，他们每周至少见一次面，一起吃饭、散步、看电影，有时也住在一起。林大志已在上海买了房，而且是一间一百五十平方米的大三居，美式装修，高贵典雅。每次醒来，吴小琼望着雕花大床上的四根装饰柱，感觉就像做了一场梦。她经常会使劲掐一下自己的大腿，来确定是不是做梦，疼痛使她格外安心。

起初，她还要林大志邀请，渐渐地，她就变得主动了。她每周只有周一休息，刚好林大志周一没有课。她往往头天晚上就住到林大志家来，帮他洗衣、拖地、做饭、整理房间。对于不喜欢的摆设和布局，还会自作主张调整一下，像一个真正的女主人那样。她觉得这是早晚的事情，他们会结婚，可能还会领养一个孩子。彼此还年轻，完全可以将孩子抚养成人。她这辈子没有机会做生母，但是她相信自己可以做一个称职的养母。

与林大志的重逢，重新唤起了她对生活的期待，她心里也变得柔软了很多。原来，她还是愿意进入正常的生活轨道的。

"如果能够遇见一个靠谱的男人，哪个女人会真正拒绝婚姻，拒绝家庭生活呢？就说老女人那些不停更换的小男友，能是真心待她吗？老女人总说自己不再需要婚姻，那不过是自我安慰罢了。而自己和表哥林大志，那可是青梅竹马。"

吴小琼一到周末就魂不守舍。

"店铺能买就买，不能买就租一个嘛。"

她感觉自己变得豁达了，不再那么爱钻牛角尖。比起眼前这踏踏实实的幸福，什么钱啊、商铺啊，都不是那么打紧的事。只要林大志找她，自己总是想办法找理由请假。老女人自然不高兴，虽说店里有七八个员工，但吴小琼可是顶梁柱，手艺最好，做事最周到细致。于是老女人就经常给吴小琼泼冷水：

"你啊，好了伤疤忘了痛。林大志要是真爱你，当初就不会抛弃你。老话说得好，男人靠得住，母猪能上树。"

吴小琼每次笑着不语，当她是嫉妒自己。

那天照例是周一，吴小琼上午就开始在厨房里忙活，想给林大志准备一顿丰盛的午餐。忽然外面传来门铃的声响，吴小琼知道表哥在书房写材料，自己离门口比较近，就径直去开门。一个秃顶的中年男子立在门前，说要找林教授，自己是他同事。吴小琼刚要领他进去，林大志已从书房里走了出来。恋爱期间的女人总是特别敏感，她想着林大志应该会跟客人介绍一下自己。既然是同事，也是身边比较重要的圈子了。所以吴小琼脸上堆起了近乎专业的笑容，落落大方地露出八颗牙齿。没想到林大志只说了一句"快进来吧"，就把秃顶男子领进了书房。吴小琼就像空气一样被无视了，笑容僵在她的脸上，像播放中突然被暂停的电视剧画面，她好一会儿才回过神来。她转身的时候，听见秃顶男子小声地问："林教授，这是你家请来的保姆？还挺好看的。"林大志竟然没有做任何解释，打着哈哈就过去了。

　　林大志如此轻描淡写的态度，在吴小琼心中掀起轩然大波。她像被人从头上泼了一盆冷水，浇了个透心凉。忽然，她好像明白了什么，怪不得回上海几个月了，他从来不提结婚的事，甚至也不曾有过正式的表白，他们就像一对苟合的动物，没有任何名分。他和自己之前遇见的那些男人一样，并没有把她列为结婚对象。说白了，他在内心里其实是嫌弃自己的。他这种嫌弃是基于他觉得她配不上他，他如今已是大学副教授了，而她还是高中没毕业的手艺人。不仅如此，可能还嫌弃她不能生育，不再是一个健全的女人。想到这些，原本胸腔里熊熊燃烧的爱的火焰，瞬间被浇灭了。她感觉到自己的心在一点点地变冷，结晶，直到成为冰冷的硬块。

　　忽然间，她闻到一股焦味，低头一看，灶台上的苏泊尔铸铁锅里正冒着浓浓的黑烟。她打开一看，里面炖的菜已经烧干了，留下乌漆麻黑的一片残渣。她像机器人一样，机械地把材料重新准备了一遍，放进锅里。嘴巴不时张着，像一只突然离岸的鱼，不停地做深呼吸。

大概半个小时之后，她听到男子离开的脚步声，以及林大志关门的声响。午饭的时候，林大志大口小口地吃得很快，他对吴小琼说："亲爱的，下午的电影你自己去看，我要赶个材料。很急。"他没有注意到吴小琼的脸已经是死灰一片。

吴小琼独自去附近的阳光城商场看了电影，是刚上映的《前任攻略2》，剧情让人笑中带泪。坐在吴小琼身边的女孩，一会哈哈大笑，一会唉声叹气。吴小琼则完全没有入戏，脑子里一直在纠结，生闷气，心中憋着一股无名怒火，使得她口干舌燥。她又到商场里逛了一会儿，在三花点心店，买了一份杧果酸奶喝着。刚坐下，手机就响了，来电显示是余娟。接通电话，老女人三言两语地叮嘱吴小琼：

"新接了一个单子，价格昂贵，一定要你来做，这个顾客很挑剔，不能出什么差错。"

吴小琼马上应承下来，老女人很善解人意，问吴小琼："你听起来不大高兴，到底什么情况？"

吴小琼一个人憋了半天了，也想倾诉倾诉。听到这话，就把上午的情况说了，并说出了自己的疑虑。老女人在电话里哈哈大笑，说："小琼，我跟你说了八百遍了，你就是不听我的。男人靠得住，母猪能上树。他一个大学副教授，会娶你才怪。"吴小琼本来是想能得到一点安慰，结果余娟这么一讲，她更郁闷了，马上挂了电话。

回到家的时候，已是傍晚时分。她推开书房的门，想找林大志好好谈谈，却发现林大志躺在地上，一只手臂向上抬起，嘴巴张着，似乎想喊什么，声音微弱。吴小琼把身体靠近他，仍旧听不清他在说什么。她试着想去拉他起来，发现完全弄不动。她来不及多想，马上打了120。

"脑溢血，又称中风。左侧上下肢瘫软无力，要坐轮椅。尽量不要让他受刺激，平时注意控制血压，不要让他太激动。"

吴小琼听完医生的诊断，感觉大脑蒙蒙的，就像做了一场梦，而且是一场噩梦。她使劲地掐自己的腿，痛得她龇牙咧嘴，这疼痛使她的心也跟着痛。这么高高大大、漂漂亮亮的一个人，忽然间跌了一跤，就成了残废，这让她一时半会儿有点接受不了。何况林大志才四十几岁，正值壮年，怎么说残废就残废了呢？她不甘心，再三跟医生确认：

"他真的没有希望站起来了吗？"

"现代人生活压力大，中风呈年轻化趋势。你可以试试带他做一些康复训练，但是别抱太大希望。"

林大志出院以后，吴小琼犯了愁。何去何从，她有点迷茫了。事情来得太突然，她完全没有心理准备。许多尚未说出口的话，她已经不需要去问了。现在这个样子，她显然已经不需要从他口中得到什么承诺了。回家的路上，她一直在思考接下来要怎么办。

她还没有想清楚这个问题，没想到，刚进到房间，坐在轮椅上的林大志，用那只尚能自由活动的右手，一把抓住了吴小琼的手臂，这场景似曾相识。如果说，上次在墓地，林大志抓住她的手臂不撒手，是因为失而复得；那么这次，林大志抓住她的手臂不放，更像一个溺水的人抓住一块救生板。他用略带些口吃的语气，说：

"小琼，你、你嫁给我吧！"

还没等到自己回复，林大志继续用略带些口吃的语气，抢先一步补充说：

"小琼，我知道，自己没有几年好活了。我走了以后，这房子就是你、你的。我、我、我想你能陪我……"

吴小琼马上明白了他的意思，事情来得太突然，让她感到措手不及。作为一个在上海混了二十年的女人，她太知道这套房子的价值了。她经常看《老娘舅》节目，为了争夺房产，夫妻反目，父子成仇的案例实在是多得不可计数。关于《婚姻法》中的财产问题，早已被老女人有意无意地科普过。她明白，林大志即使跟她结了婚，那套房子仍旧属于林大志的婚前财产。要保证这套房子以后属于自己，必须有两个前提条件：一是林大志死在自己前面，二是林大志没有其他继承人。

想到这里，她问林大志："你结婚这么多年，没有孩子吗？"

林大志摇着头，语气很坚定地说：

"小琼，你是我、我，在世上唯一的亲人了。如果你不放心的话，我可以给你立一份，遗、遗嘱。"

说着，林大志示意吴小琼推他到书房，当着吴小琼的面，他用那只依然灵活的右手，在一张A4纸上，写了一份遗嘱，并郑重其事地用拇指蘸着红色的印泥，在落款处摁上了指纹。

当林大志把写好的遗嘱递给吴小琼的时候，吴小琼心里一热，热泪盈眶。突然间从一个一无所有的人，摇身一变，有了千万身家，成为这套漂亮房子的女主人，她不能不激动。老女人经常跟她说："谁有都不如自己有，两口子还隔只手。女人啊，必须得把钱财抓在自己手里。我前半生就是吃了这个亏。"

吴小琼发现，每当自己情感失意的时候，老女人的话简直就是金玉良言。虽然自己一直在心里叫她老女人，但是对她还是很佩服。"姜还是老的辣"，她总是这样调侃着。

鬼使神差般，她就这样推着他去民政局领了结婚证。那些办事人员用异样的眼神看着她，仿佛她身上贴着一个标签："一朵鲜花插在牛粪上，这女的摆明着是图他的钱吧。"

林大志中风之后，不能再教书了。学校给他办了提前退休。林大志让吴小琼不要去上班，退休工资虽然不多，但也够他们过上温饱的生活。吴小琼坚决不肯，于是找了个护工照顾他，她不能把自己的生命全部耗在照顾他上面。护工小刘刚毕业于中医学校，是农村来的孩子，吃苦耐劳，每天给他读书念报、做饭、打扫卫生，帮他按摩推拿。到了周一，吴小琼就自己推着林大志去附近的中医诊所做针灸和理疗。

吴小琼一边回忆这段往事，一边启动了那辆黑色奥迪A6。这是林大志的车，他中风之后，这辆车彻底成了吴小琼的座驾。她坐进舒适的驾驶座时，心里感叹，塞翁失马，焉知非福。尽管，表哥突然遭遇不测，她也感到伤心和遗憾，但是，想到他的遗嘱，心里又觉得踏实起来。如果表哥没有残疾，会不会娶她，很难说。现在这样似乎也不错，她了解过，这种病通常也就是三五年的寿命。长寿的也有，但极其少见。等表哥去世了，她就把这套房子卖了，卖一千万没问题。换一套小一点的房子，然后再买一个商铺，余款再也不买什么 p2p 理财产品了，全部存到银行。下半辈子就可以衣食无忧了。

她到楼下的时候，小区里静悄悄的，只有人工湖里偶尔传来几声蛙鸣。一只白色流浪猫在一楼的台阶处，喵喵地叫着，看到吴小琼，马上扑过来，在她的脚边停下，用身子蹭着吴小琼的脚。吴小琼从包里拿出一块事先准备的面包，蹲下身来，掰成几块放在手心，挨着地面摊开手掌，猫咪伸出舌头，舔着吴小琼的手，安静地吃起来。

这只猫咪，自从她来到林大志家，就与它认识了。后来每次晚上回来，她总能在这里碰见它。猫通身雪白，虽说是一只流浪猫，却有一种特别的气质，惹人怜爱。吴小琼第一眼就喜欢上了它，总觉得它和自己有些相似。尤其失意的时候，感觉自己何尝不是一只流浪的猫呢？渐渐地，彼此之间就像是有了约定。她每次来，总要给它带点吃食。猫咪吃完就会蹭蹭她的脚，喵喵两声，然后转身离开。

林大志已经在房间里睡熟了，小刘已经下班，在客厅留了张纸条，记录着林大志今天的生活状态。这是她对小刘的要求。

平时都是简单的几句话，诸如吃了什么、喝了什么、睡了多久、有没有什么异常……她注意到，今天的纸条内容比平时长了些，于是拿起来认真看了一下。其中有一段话让吴小琼脊背发凉：

"……中午时分，有一个妇女带着一个十来岁的女孩来看望先生。先生跟她们交谈了很久。她们走了之后，先生一直在流泪，情绪比较低落，晚上很早就睡了，所以我今天也走得早了些。……"

这么简单的几句话，却让吴小琼如临大敌。她马上给小刘打了个电话，问那个妇女是否额头上有胎记。小刘正睡得迷迷糊糊的，嘴里说着"是的，是的。很显眼的一块黑色胎记"。

挂了电话，吴小琼坐到那里，呆若木鸡。

"林大志骗了我，他明明有个女儿。怪不得，怪不得……"

她给小刘发了一条短信："我临时休假，你暂时不用过来了。"然后就在客厅的沙发上坐着，心中思来想去，感觉又被人耍了一次，既恼火，又很不甘心，在沙发上直坐到半夜。

天快亮的时候，吴小琼才睡着。她是在睡梦中被林大志吵醒的。林大志支起上半身，坐在床头，对她说："小琼，小琼，我想小便。"经过一段时间的中医治疗，林大志的语言表达基本恢复了，左侧上下肢竟然也渐渐有了些力气。

吴小琼实在是太困了，她嗯了一声又睡过去了。她梦见自己在草地上奔跑，处处鸟语花香。忽然间，天昏地暗，狂风暴雨袭来，她不小心摔倒在地，草地上到处是水洼，把她身上弄得湿漉漉的，非常难受。她挣扎着想爬起来，但是腿发软，每次刚爬起来瞬间又跌下去，急得满头大汗。终于，她抓到了一只手，站了起来。她睁开眼睛一看，居然是林大志的手。林大志表情很尴尬，说："我刚才叫你半天了……"

吴小琼一摸身下也湿了一大片，瞬间明白了。她赶紧起床换床单，给林大志换衣服，心情糟糕透顶。她心里念叨着："这日子不能这样过，不能这样过……"

傍晚时分，太阳像一个橘色的圆盘，斜斜地挂在天际。浦东新区的一个小区，一栋楼的底楼里，一个中年女人正在厨房里忙前忙后。厨房挨着北阳台，窗外是一片绿化丛林，一只白色流浪猫这里看看，那里看看。几只小鸟在林间飞来飞去，有时也飞到阳台上稍作停留。

吴小琼最近新学了一个厨艺，按照网上的攻略，烹制广式老火靓汤。熬制出的汤浓而不腻，香味扑鼻。吴小琼已经连续一周在熬制这个汤，林大志每天晚上都能喝上两大碗，面色都变得红润了。

今天注定是个特别的日子，吴小琼已经等了很久。

吴小琼照例在煲汤，并且把熬制好的汤盛在一个印着白玉兰的搪瓷碗里，然后放到厨房边上的阳台上凉着。放在客厅餐桌上的手机响起了铃声，吴小琼转身走到客厅去接电话。吴小琼刚刚走开，在窗外觊觎已久的几只飞鸟，此刻大着胆子飞上了窗台。其中一只棕色的鸟，距离那只汤碗最近，它似乎扮演着第一个吃螃蟹的人，一纵身，便飞到了那只汤碗的上面，盘旋了一下，然后轻轻地落在那只碗的边沿上。另外几只鸟也争相扑过来，双脚落在碗的边缘，同时迫不及待地将嘴巴伸向汤里，显然它们同时被烫了一下，各自惊慌着扑闪着双翅。那只汤碗被它们这么一扑腾，就倏地翻了身，在窗台上旋转了几下，滑向了窗外，落在了草坪上，也许是硌到了石子，碎裂成几片，把那只悠然行走的白猫吓了一跳，它先是闪开了好远。过了一会儿，它又小心翼翼地走上前，贪婪地去舔舐那些碎片上残留的汤汁和食物。不一会儿，它就发出凄厉的叫声。

　　吴小琼从客厅里走出来，发现阳台上的汤碗不见了，只留下几片汤渍在窗台上。她将目光望向窗台下方，一只白色猫咪在地上抽搐了好一会儿，绿色的眼睛里射出两道寒光，像是困惑，又像是质疑，令吴小琼不寒而栗。

　　吴小琼忽然心中一阵悲凉，一屁股坐在地上，号啕大哭。卧室里传来林大志的声音："小琼，小琼，你怎么了？"

薛小米的藏宝箱

1

"林木木,你就不能快一点儿?穿个鞋也能磨蹭半天,跟你爸一样不省心。我的青春就是被你们这么耗没的。"

陈巧丽一大早就急火攻心,对儿子没个好脸色。想到老公林宇深夜两点才一身酒气地回来,现在还躺在床上睡得跟猪一样,她心里就窝火。

读小学一年级的林木木早已习以为常。他一只脚在鞋子里,一只脚在鞋子口蹭来蹭去,慢条斯理地说:"妈妈,不能怪我,是这只鞋子的舌头不肯舔我的脚。它不舔我的脚,我的脚就穿不进去。"

林木木总能不时地冒出一些稀奇古怪的句子,让人耳目一新。想到老师跟她表扬过林木木,说这孩子语言天赋不一般,要多加关注,陈巧丽气竟消了一半。她上前蹲下身子,拿起地上那只被林木木折腾了半天的鞋子,然后一把抓住林木木的右脚,用力往鞋口里一推,说:"快点,不然真要迟到了。"

路过薛小米家楼下的时候，林木木看了看旁边的非机动车车库出口，说："妈妈，告诉你，我有一个秘密……"陈巧丽打断了他："什么秘密，下次再说，我们要赶紧走了。"

林木木就读的小学，与家里的距离有点尴尬，一千米多，开车太近，步行又有点远。中间要穿过几条马路，一眼望见的地方，红绿灯倒是有四五个。陈巧丽开了几回车被堵得心急，后来干脆就步行。今天路况照旧很堵，车子也都开得缓慢，她想见缝插针横穿马路，却被林木木一把拉住："妈妈，老师说了，不能闯红灯。"

陈巧丽一时有点尴尬，自知理亏，只好解释说："妈妈急糊涂了，没看清，宝贝说得对，不能闯红灯。"

林木木仍旧得理不饶人地说："我们老师还说了，闯红灯就是作死。"

陈巧丽火又蹿了上来："还不是你早上起床太磨蹭，吃饭也磨蹭，迟到了你就准备挨批吧！"说得林木木一下子紧张起来，泪眼汪汪。他不怕陈巧丽，但是他怕班主任啊！妈妈是刀子嘴豆腐心，看着泼辣；而他们班主任，那可是真泼辣。昨天上课，他看着班主任把薛小米的作业本子直接撕了，然后一把扔到了地上，说："下次再没有家长签名，就不要交给我了。"薛小米当时就哭了。

陈巧丽看到儿子沮丧的样子，忽然有些心疼。她从口袋里拿出一包纸巾，扯出一张来，给他擦眼泪。正在这时，只听一阵急刹车的声音，非常刺耳，接着一阵骂声："这谁家小孩，找死啊！在马路上乱窜。"

陈巧丽抬头一看，一个个子比林木木矮了半头的小女孩，背着一个大大的红色帆布书包,也许是书包太沉,女孩的身子有点倾斜,她正无助地站在马路中间。一辆黑色的越野车停在女孩背后一米远的距离,驾驶座中探出一颗硕大的脑袋,两只眼睛被墨镜遮挡着,那人正在冲女孩大声呵斥,露出一口大金牙。

"薛小米!"林木木喊道。

那个被喊作"薛小米"的女孩,显然吓蒙了,站在那里一动不动,眼睛四处张望着,看到林木木,像是见到了亲人,忽然大哭起来。

陈巧丽松开林木木,快步走到马路中间,把薛小米领到安全的地方,问:"小米,你怎么一个人去上学呢?你妈妈呢?"

薛小米一边哭一边说:"爸爸,妈妈,还有哥哥,他们都不要我了。"说完又接着哭。林木木走过来,把手里刚才妈妈给他的纸巾递给了薛小米,说:"别哭了,哭了会变丑。我们一起去上学吧。"这句话很有效,薛小米马上就不哭了。

路上,陈巧丽问薛小米:"为什么妈妈没有送你上学呢?"薛小米哇的一声又哭了,说:"爸爸妈妈吵架了,还说要离婚,爸爸要哥哥,但是没有人要我了。因为妈妈说了,她谁都不要。"陈巧丽安慰她说:"这都是大人说的气话,爸爸妈妈最爱自己的孩子了,怎么可能不要自己的孩子呢?"薛小米止住了哭,脚步也停了下来,一字一顿地问:"阿姨,你说的是真的吗?"

陈巧丽摸摸她的头说:"当然是真的。尤其是妈妈,因为孩子是妈妈身上掉下来的肉啊。放心吧,小米,你妈妈不可能不要你。"

薛小米像是得到了护身符一样,表情松弛下来,指着路边的蔷薇花对林木木说："木木，你看那花开得好漂亮啊！"孩子的脸，六月的天，真是说变就变。

陈巧丽笑了，一只手牵着她，又让她牵着林木木，一拖一，像高速路上的救援车，赶在上课前把两个孩子送到了学校。他们在校门口跟她说了再见，然后排队进了学校。

回来的路上，陈巧丽想给薛小米的妈妈陈菲发个信息，提醒她一下，不能让孩子独自去学校，且不说遇见坏人什么的，就是过这几条马路，也有危险啊！她把编辑好的短信删了又写，对于措辞也是斟酌良久。

2

跟陈菲打交道，从薛小米读幼儿园的时候就开始了。她们同住一个小区，孩子读同一个幼儿园，碰巧还是同班。与那些妆容精致的年轻妈妈相比，陈菲看起来尤其朴素。她面色黄黄的、黑眼圈明显、眉毛凌乱，总是一副心急火燎的样子。一头长发随意地绑着个马尾，垂在肩头，走起路来，一颠一颠的。她有两个孩子，一儿一女，相差三岁，开始大家都很羡慕她儿女双全。后来才知道，她儿子薛小玉有哮喘病，常年问诊吃药，双方父母都在农村，年迈且久病。她则天天奔波在学校、药房、各种医疗机构之间。从生完薛小玉起，她就辞职在家，跑各种地方给孩子看病，听说哪里有偏方名医，都要跑去试试看。后来有了薛小米，就更忙得像个陀螺。家里所有的收入都靠薛小米的爸爸薛涛一个人，还房贷、赡养老人、供养孩子，颇有些吃力。贫贱夫妻百事哀，两口子为了钱的事，没少吵架。经济大权都在薛涛手里，陈菲连买一包卫生巾都要跟他伸手。辞职这些年，她的眉毛胡乱生长，疏密不均，一点儿眉形都没有了。听说现在流行文眉，又好看又容易打理，她也动心了。跟薛涛提了这事，薛涛却一口拒绝了，说："文什么眉毛，就这样自自然然的才好看。"还经常批评她，不上班不知养家的艰辛，花钱如流水。每月给她点家用，还要不定期问她钱是怎么花的，这让陈菲格外委屈。凭良心说，她一分钱都没有乱花过。这些年，连化妆品都没买过，一瓶大宝，贯穿四季。那些粉底液和口红，早就从她的化妆台上绝迹了。她经常跟陈巧丽发牢骚："有了两个孩子后，都快忘了自己还是个年轻女人。不要说化妆，对夫妻生活都没了兴致。"她是复旦大学的高才生，一个外地来的农村姑娘，毕业时凭借优异的成绩拿到了上海户口，如今竟落魄至此，她是心有不甘的。

"我当初真是糊涂，生完老大生老二，一下子在家待了六七年，好好的工作也辞了。如果让我重新选一次，我不可能生二胎，不，连一个都不要生。女人结了婚，付出太大了。"陈菲不止一次跟陈巧丽抱怨。她说这些话的时候，眉目低垂着，眼神黯淡，似乎里面藏着一个黑洞。

好在，经过几年的精心调理，薛小玉的哮喘竟然奇迹般地好了。在薛小玉读小学的时候，薛涛拿到公司集团内部的寄宿学校名额，这个学校品质好，价格又不贵，所以名额紧张，平时得论资排队，很难抢到。据说是薛涛的领导了解到薛涛家的情况，帮他争取到的。把薛小玉送到寄宿学校之后，只需周末接回来，陈菲的担子一下子轻了很多。薛小米上幼儿园中班的时候，陈菲就态度坚决地出去找工作了。脱离职场几年，跟社会有些脱节，工作高不成低不就，被用人单位挑来挑去，结果去了一家金融公司，底薪非常低，而且只要迟到必有扣罚。幼儿园下午四点就放学了，这个时间点，陈菲根本不能从公司脱身。于是她就请了一个钟点工阿姨，帮忙做晚饭和接孩子。结果这个阿姨身兼多职，经常不能按时接送薛小米，因为这个问题，陈菲没少被老师点名批评。尝试换了其他阿姨，发现状况也好不到哪里去。基本上这些钟点工阿姨都是同时接着几家的活，还有一些零工，时间得不到保证。请个全职的阿姨，又没有这个经济实力。

"上海的阿姨真的太贵了！工资比我的底薪还高！"陈菲曾对陈巧丽感慨，"还是你有福气，林宇这么会赚钱，你可以安然无忧地当少奶奶。"陈巧丽听了只是苦笑："什么少奶奶？我也就是个全职保姆。"并安慰陈菲，等孩子大一点就好了。

日子说快也快，转眼木木就幼儿园毕业了。陈巧丽忽然想起来，有大半年没见过陈菲了。学校的最后一次家长会，是薛小米的爸爸薛涛参加的，这是他三年来唯一一次在幼儿园家长会上露面，以前都是陈菲参加。陈巧丽跟他打了招呼，他说陈菲今天要去见客户，脱不开身，只好由他请假过来了。

3

幼儿园毕业后的那个暑假，陈巧丽趁林木木上乐高课的时间，跑到附近的阳光城商场闲逛，忽然觉得眼前一亮，一个举止优雅的女子，迎面走来。那女子留着齐耳短发，穿着一套米色裙装，文着时下正流行的平眉，一双大眼睛顾盼神飞，涂着淡紫色的眼影，颇为动人。陈巧丽不由得多看了几眼，这一看，发现有些眼熟，但是一下又想不起来究竟是谁。

"木木妈妈。"对方先开了口，"我是陈菲呀，薛小米的妈妈。"陈菲补充说。

陈巧丽这才认出她来，说："啊，你是做了双眼皮吗？发型变了，皮肤也好了，太好看了，我都没敢认。"

陈菲嘴角微微上翘，露出自然的笑意："我的嘴唇也做了嘟嘟唇呢，要庆幸我们生在有钱就能变美的时代，现在的医疗技术太发达了，没想到我这辈子也能摆脱小眼睛单眼皮。"话语之间充满了自嘲的气息，而透露出来的却是底气十足的自信。

陈巧丽心里纳闷，天哪，士别三日，当刮目相看。这哪里还是当初那个愁眉苦脸，整天怨妇一样的薛小米妈妈呀？她不由得脱口而出："你现在是妥妥的女神啊。好美！"

以前，陈巧丽如果跟陈菲聊美容之类的话题，陈菲马上就会转移话题或者找借口走开。如今，陈菲变化实在太大了。两个女人聊得停不下来，干脆找了间咖啡馆坐着聊。

陈菲一边小口地啜着拿铁，一边悠悠地说："亲爱的，我们公司有一款金融产品，叫医美贷。它主要针对在校大学生、公司白领，以及家庭主妇等；只要你想变美，没钱可以贷款，分期还。我们有合作的医疗机构，医资力量可靠，这些项目真的很好，价格也实惠，我自己都做了。"

陈巧丽张大了嘴巴："怪不得你现在变化这么大，近水楼台先得月呀！不过，你现在这样真的很好看。"

陈菲接着说:"木木妈妈,你已经很美了,你们家也不差钱。但是你可以买我们的理财产品,收益高达百分之十五,甚至更高的也有。不瞒你说,我自己也买了不少,我的同学同事亲戚朋友,很多都买了我推荐的理财产品。现在这款产品非常火爆,每天都限额销售,晚了就没有了。你如果有兴趣,我给你留点额度。"

陈巧丽睁大了眼睛:"百分之十五,那真的不错啊。现在的信托基金的收益也才百分之十,还要一百万以上才能买。"嘴上这么说着,但是陈巧丽辞职以后,就没有了收入,家里的财政大权都是林宇管着,自己手里哪里有什么闲置资金。她叹了口气,说:"唉,你以前在家看孩子也是知道的,现在的男人,不如从前了。像我老爸那个年代,身上有十块钱都主动交给我妈保管。现在的男人有几个会把钱交给老婆的?世风日下啊,赶明儿我也去找个工作上班,有钱了再找你买……"

陈菲却打断了她:"亲爱的,你这个样子不行的。男人啊,还是要调教的。你们家林宇是拿年薪的人,你又那么美。有句话怎么说?你负责貌美如花,我负责赚钱养家。他林宇娶了个这么美的太太,他赚钱不交给你想交给谁?他不给你也不行,你得找他要去。女人啊,一定得把财政大权掌握在自己手里。这样,他在外面也翻不出什么浪花来。"

陈巧丽想想陈菲以前那个低眉顺眼的样子,再看看眼前这个跟她侃侃而谈驭夫之道的女子,简直是天壤之别。

陈菲接着说:"这男人啊,就像孩子,你一定得管他,给他立规矩,不能由着他。男人如果真心想跟你过日子,必定会妥协的。除非他另有打算。"

这句话，让陈巧丽心里咯噔一下。虽然她对林宇确实有意见，但是也不想让别的女人觉得自己在老公面前弱势。自嘲可以，别人一说，那感觉就不太好了。她迟疑了一下，跟陈菲说："其实吧，林宇的钱也没别的花头，都被他放在股市了。账户密码我都有。他这个人，就是喜欢炒股，我回去跟他商量商量，看看有些股票能不能割肉出来。"

陈菲喝了一口咖啡，摇了摇头，那姿势就像一个金融大咖。她说："股票那就不是散户能玩的，到处是坑。上市公司里面内幕太多，机构之间又相互勾结，散户拿什么跟他们对抗？还是买理财产品好，安稳。不瞒你说，我现在业务做得越来越顺，薛涛也主动把钱都交给我来打理。我现在才知道，男人的话根本不可信，原来他藏着这么多私房钱呢，不过倒是给了我一个惊喜。"说着，陈菲从精致的小坤包里掏出来一个小镜子，对着镜子就补起妆来。

陈巧丽感到心里被什么刺了一下，这时手机的闹铃响了，她就此找到了结束谈话的理由，对陈菲说："看到你现在越来越美，越来越自信，真好。我得去接孩子了，回头腾出来钱我再联系你。"

4

陈巧丽自然是说服不了林宇的。每次陈巧丽提到投资的事，林宇就口若悬河，把国内国际形势分析一遍，把账户上的个股的基本面和技术面，说得头头是道，让陈巧丽毫无招架之力。陈巧丽知道，林宇其实并不是对那些股票真有那么大的信心。投身股市这么多年，他什么时候赚过钱？而是他习惯了把家里的财政大权牢牢抓在自己手里，哪怕这笔钱最后灰飞烟灭，也不能交给陈巧丽，这跟林宇自小成长的家庭环境有关。林宇家从来就是林宇的父亲管钱，林宇的母亲身体不好，家中大小事务全部是林宇的父亲做主。所以说，娶媳妇看丈母娘，嫁老公看公公，这是一点没错的，父母的相处模式会严重影响下一代。偏偏陈巧丽的母亲是个强势的女人，她就是个家庭主妇，从来没赚过一分钱，却照样掌管着家里的财政。父亲打拼了一辈子，却甘心对母亲俯首称臣，赚回来的钱全部上交。这两个完全不同的家庭模式，给陈巧丽带来了很多精神上的痛苦。她经常因为这个问题钻牛角尖，越对比越感到意气难平，然后默默地跟林宇赌气，两人心理上的距离渐渐地就拉开了。以前，陈巧丽还不那么计较，因为身边很多朋友家也是男人管钱，或者就是各管各的。而林宇挣得多，给她的生活费，比那些上班女人的工资还多。她又何必去计较谁管钱？不论谁管，还不都是他们的共同财产？比起那些为了生活奔波，帮老公分担房贷的女人，自己啥事不用操心，已经很幸福了。然而自从那天在咖啡馆跟陈菲聊过之后，她的心里总是有块石头压着。她忽然觉得，这不是谁管钱的事，也不是赚多赚少的事，而是关乎尊严和地位，关乎这个男人有没有把心交给你。

没想到，上了小学之后，林木木又跟薛小米分到了一个班。陈菲已经辞了钟点工阿姨。用她的话说，已在公司站稳了脚跟，每天可以早起半小时送完孩子再去上班。下午出来打个岔，也就把孩子接回家了。陈菲的状态越来越好，陈巧丽倒是日渐消沉。有时她在路上遇见陈菲，远远地摆个手就走开了。陈巧丽感觉自己总是有意无意地想躲着陈菲，见到她总会有一种莫名的压力。

5

　　陈巧丽犹豫了半天，还是没有将信息发出去。自己以什么姿态去说呢？倒显得自己在质疑一个妈妈。想了想还是不要多管闲事的好。毕竟，也没有产生什么不良后果。何况薛小米都说了，早上她爸爸妈妈吵架了，自己这个时候去问，不是给人添堵吗？下次真的碰到了，轻描淡写地提一提就好了。此时此刻，相信陈菲早就跟班主任确认过了，知道薛小米已经到了学校。这是家长和班主任之间的默契。如果班主任没有看到孩子，都会跟家长打电话确认的。

　　陈巧丽快到家的时候，又拐到唐镇路上的小吃街，买了一份牛肉粉丝汤和烧饼，准备拿回去给林宇当早餐。林宇是北方人，不爱喝粥，就喜欢吃大饼喝牛肉汤。走到家门口的时候，她发现换鞋柜上林宇的皮鞋不见了，心情就烦躁起来。她想起林宇结婚前承诺过，工作再忙，只要人在上海，晚上一定回家睡觉，让陈巧丽放心。这倒好，家成了旅馆了，他也就真的只是回来睡个觉。陈巧丽打开门，把打包的牛肉汤和烧饼往桌子上一扔，一屁股坐进沙发里，在那里生闷气。一会儿手机响了，她拿起手机，发现并不是自己的手机在响，声音是从自己屁股下面发出来的。她站起身来，在沙发的缝隙里摸了半天，掏出一个手机来，原来是林宇把手机忘在了家里。她接了电话，正是林宇用办公室电话打来的，他在电话里急切地说："亲爱的，我手机忘带了，你赶紧开车给我送过来，回头客户找不到我该着急了。"

陈巧丽放下手机，去茶几上了拿着那串水貂兔的车钥匙，顺便把刚才买的早餐也带着，坐着电梯到楼下车库取车。刚坐进车里，手机铃声又响了起来，她随手接通了，说了一句"喂"，电话那头静悄悄的，没有声音。

陈巧丽感觉有点奇怪，看了一下来电显示，上面是一个字母缩写，XC，看不出是男是女。她想查看一下手机短信和微信，却发现屏幕被锁了，她试了一下之前的密码，提示错误。她感到心里有什么东西跳了一下。

到了林宇上班的办公大楼，林宇已经在楼下等着了，左顾右盼的样子。当陈巧丽把手机交给他的时候，她感觉到他有一种如释重负的感觉。陈巧丽看着林宇的眼睛，一字一顿地说："刚才有一个叫XC的人打电话过来，我接了，对方又没说话，感觉怪怪的，这个人是谁？"

林宇的眼神里闪过一丝笑意，笑容却略显僵硬。他摸了摸鼻子，说："哦，是公司的客户。"

陈巧丽盯着他的脸，说："那你赶紧给他回一个电话吧。"林宇揽了一下陈巧丽的肩头，温柔地说："知道了，亲爱的，你脸色不太好，赶紧回去补个觉去。我要去忙了，今晚早点回去，等我。"说着，又在陈巧丽的额头上亲了一下，转身去按电梯。陈巧丽看着他的身影进了电梯，发现手里拎的牛肉汤和烧饼忘了给他，又追上前递给他。刚递完转身，电梯就啪的一声关上了门，成为横亘在他们之间的一堵墙。

陈巧丽盯着电梯的门发了一会儿呆，终于悻悻地开车回家，脑子里回想着林宇的表情，总觉得哪里怪怪的，她的心情变得很低落。这个男人，天天神龙见首不见尾，不知道在忙些什么。他赚的钱又不交给你管，你都不知道他心里在打什么算盘，陈菲的话真不是没有道理的。陈巧丽越想越烦躁。

到家后，她把每个房间的窗户都打开透气，把房间里里外外擦一遍，把筐头里换下来的衣服扔到了洗衣机，又把林宇的衬衫和内衣内裤拿出来手洗了。把昨天晾干的衣服拿下来叠好，尤其是林宇的衣裤，她拿出熨斗烫得平平整整，然后把它们分类放在衣柜里。弄完这一切她又去菜场买了点新鲜的蔬菜。这么一折腾，就到午饭时间了。她也没什么胃口，简单煮了一碗阳春面，就把自己打发了。想看一会儿电视，换了几个台，里面都是一些家庭伦理剧，什么外遇啊小三之类的，看着更加闹心了。一对比，感觉自己可不就是跟那些丈夫有外遇的女人一样，是个全职保姆吗？自己的男人指不定在外面还有什么别的牵挂。想着心烦，索性就关了电视。她挨着床，准备小睡一会儿，没想到一下子就睡着了。

陈巧丽是被班主任的电话吵醒的，迷糊中拿起手机，只听班主任在电话里着急地问："林木木妈妈，你怎么还不来接孩子呢？"她倏地坐了起来，说："不好意思，我马上就到。"挂了电话，她连头发都没来得及拢一下，就拿起钥匙，穿上门口的小白鞋，撒腿往楼下跑。

远远地，她就看见班主任站在学校大门口，左顾右盼，手里领着两个孩子。她走上前去，领过两个孩子，准备往家里走。薛小米说："阿姨，我不用你领，我要在这里等妈妈。"

班主任有点不太高兴，说："你妈妈电话打不通，你爸爸还堵车在路上。你先跟木木妈妈回去吧。"

薛小米倒是挺倔强的，说："我要在这里等妈妈。"

换作平时，陈巧丽一定会坚持把薛小米带回家，然后打电话给陈菲，让她到自己家里来接孩子。然而此时此刻，陈巧丽心里也乱乱的，自己家的事还一地鸡毛呢，哪有那么多精力管别人家的闲事呢？她没有再坚持，领着林木木就走了。

6

陈巧丽是天黑的时候才知道薛小米失踪的。当时她刚把饭煮好，煲了汤，切好了菜，准备去对面的书法机构接孩子回来后再炒菜。等电梯的时候，她刷了一下朋友圈，见到朋友圈里转发的寻人启事，陈巧丽一眼看见"薛小米"三个字，有点不敢相信，看了好几遍才敢确认，上面留的联系人电话是薛涛的。

原来陈巧丽领着林木木回家之后，班主任等了一会儿，陈菲还没有来，打电话也没有人接，她有事就先走了，把薛小米交给了保安室的门卫大叔。大叔把薛小米领进了保安室，其间接了个电话，也就一转眼的工夫，薛小米就不见了。

"陈菲呢？她的手机怎么关机了？"陈巧丽拨通了薛涛的电话。

"她们公司平台爆雷，她也受到了牵连，下午被警方带走问话了，这也是她没能及时去接孩子的原因。"薛涛有气无力地说。

"啊？到底怎么回事？"陈巧丽问。

"我在找孩子，你方便的话，一起帮忙找找吧。我刚查完学校到家里这段路的监控，小米是跟在别的业主后面进了小区的，应该还在小区里，她一般不会往外跑。"

挂了电话,陈巧丽赶紧在朋友圈以及业主群里转发了那条寻人启事,并且呼吁邻居们一起帮忙找。

到了楼下,发现小区里已经有邻居在喊:"薛小米,薛小米。"她抬起脚,一口气跑到林木木上课的地方。林木木已经下了课在门口等着,陈巧丽走上前,拉着他的手就跑。

"妈妈,干吗这么急?"林木木抗议道。

"薛小米不见了,我们一起去找她。"

"啊?她妈妈没有去接她吗?"

"唉,都怪妈妈今天下午没有把她一起接回来。她爸爸查了监控,说看到她进了小区,就是没有回家,不知道跑到哪里去了。也可能是回家了,家里没人,门锁着,她又离开的。"

"妈妈,我好像知道她在哪里。"

"真的?你怎么会知道?"

"她以前告诉过我,她有一个藏宝箱。她爸爸妈妈吵架的时候,或者只有她一个人的时候,她就会去找她的藏宝箱。"

"藏宝箱?"

"嗯,那里面有很多她的宝贝。她说过,只要在藏宝箱里,她就不害怕了。"

"那个藏宝箱在哪?"

"我去过,我带你去。"

陈巧丽将信将疑,跟着林木木,一路飞奔。到了薛小米家的楼下,林木木手指着旁边一个地下室出口,说:"从那里下去。"这个出口是非机动车辆的出口,下面放着一些电动车和自行车。里面有灯亮着,陈巧丽还真的从来没去过。陈巧丽领着林木木拐了进去，靠近出口不远的地方，有一个杂物间，林木木手指着说："就在这里。"

陈巧丽问："你是怎么知道这个地方的？"

林木木说："薛小米带我来过，她让我谁也别告诉，尤其是不要告诉她的妈妈。她说她的妈妈不爱她，总骂她是个拖油瓶。她希望自己是个孤儿，这样就没有人骂她了。"

陈巧丽心里一阵难过。林木木接着说："妈妈，要不，你也去上班吧？我不想成为你的拖油瓶。听爸爸说，妈妈以前上班也很能干的，是为了照顾我才辞职回家的。"

陈巧丽眼前浮现起三年前的午后，她趁着工作间隙查看了一下家里的监控，只见林木木从窗台上一下子摔了下来，脑袋上鲜血直流，而花高价请来的保姆还在那里低头玩手机。她飞一样从公司赶到家里，差点就急疯了。从那以后，她再也没办法相信保姆。几十万年薪的工作，说辞就辞了。林宇说她过度焦虑。陈巧丽想过等心里的阴影过了之后再重新请一个保姆，没多久，杭州发生保姆纵火案，她就彻底打消了这个念头，对林宇说："赚钱的机会以后还有，而孩子的成长，关键就那么几年。"林宇只说了一句："你别后悔就行。"

陈巧丽蹲下身来，亲了亲木木的额头，说："你不是拖油瓶，你是妈妈的心肝宝贝。辞职陪伴你，是妈妈心甘情愿的。"

杂物间的门虚掩着。陈巧丽推开了门，只见里面放着拖把、水桶，还有一些叠放整齐的纸箱子。墙角处，有一个半米高的纸箱子，方方正正地放着，上面的盖子虚掩着。陈巧丽走到跟前，打开了盖子，只见箱子中间，堆着一堆玩具。薛小米背着书包，

《薛小米的藏宝箱》,沈帮彪 绘

怀里抱着一个布娃娃，身子倾斜着，坐在里面睡着了。在灯光的照射下，她的脸上依稀可见泪痕。

陈巧丽一阵心疼。她从口袋里掏出手机，发现有好几个未接来电和微信信息，大部分是林宇的，他也看到了薛小米失踪的寻人启事。她简短地回复了三个字"已找到"，然后快步走到门口，给薛涛打了个电话。电话里，那个男人的声音里带着哭腔："太感谢了，我马上就到。"

那天是周五，薛涛是领着薛小玉一起过来的。薛涛把书包交给薛小玉，把薛小米紧紧抱在怀里，用力亲着她的额头。薛小米这才轻声问道："爸爸，妈妈呢？她是不是不要我了？"薛涛说："妈妈有点事情要处理，很快就会回来。我们一起回家等妈妈吧。"

陈巧丽看着他们父子三人，觉得鼻子酸酸的，转身把林木木搂在怀里，仿佛怕他跑了。想到薛涛说的陈菲公司平台爆雷的事，忽然又有些庆幸当初没有说服林宇。

林木木在她怀里提醒她："妈妈，他们都走了，我们也回家吧。"她松开手，领着木木往外走。到了家门前，陈巧丽看到鞋柜上林宇的鞋子，她想晚上跟林宇谈谈。推开门，一阵饭菜的香味扑鼻而来，林宇围着围裙站在餐桌前，正把一盘菜放在餐桌上。林木木换上拖鞋，小跑着扑上前，从后面抱住了林宇的大腿，说："哇，爸爸回来了。爸爸，你吃好饭陪我一起做手工吧。"

林宇用围裙擦了擦手，说："木木，爸爸想过了，以后要多陪陪你和妈妈。"说着，讨好地看了看陈巧丽。陈巧丽装作没听见，把手里的书包往沙发上一放，转身去了洗手间。

鸳鸯袍

1

子夜一点半，夜色静寂，城市已进入深度睡眠，马路上一个人影都没有，只有寒风呼啸着。吴梅还在外面游荡着，一身纯白的修长羽绒服下，是一双纯黑的粗跟皮靴，在路灯的映射下，显得格外凄清。她手里拖着一只白色行李箱，在浦东一所小区门口踱来踱去。她不时低头看手机，查看滴滴打车软件，十分钟过去了，还没有司机接单。

"今天可真冷。"她在心里念叨着，一会儿看看马路，一会儿看看手机，似乎害怕错过什么。

忽然手机屏幕一闪，切换到了来电显示状态，是陈强。吴梅迟疑了一下："也许是他良心发现了？这么冷的天，这大半夜的，正常人都不会这么绝情。就算真要分手，也得挑个时间吧！"

这么想着，她就接通了电话，等着他像之前一样，声音软下来，恳请她原谅，然后求她回家。然而，当陈强的声音穿过手机屏幕，进入她的耳际时，她感觉像有一个雷在耳边炸了：

"你忘了把戒指还给我。你得把戒指还给我!……"

后面还说了什么,她已听不清了。她感到自己的身体像在筛糠一样,止不住地抖,声音也跟着抖:"你、你这个人真是太、太过分了!我跟了你这么多年,难道还不值一枚戒指?"说罢,她愤怒地挂掉了电话,眼泪夺眶而出。

"哼,什么恩爱、情分?一文不值!"

她抬手拭去眼泪,低头望着无名指,那枚铂金制作的戒托上,镶着一克拉的钻石,在路灯的照射下,小小的,闪烁着晶莹的光芒。戒指不是大品牌,但也花去了五万块。没错,那是他送的求婚戒指。原本说好要登记结婚的,没想到等来了分手。按说,既然是婚戒,现在分手了,婚戒也应该还回去。但是,吴梅不甘心。陈强平时待她非常吝啬,这枚婚戒是他们同居七年来,他送她的唯一礼物。她甚至想到了,陈强之所以别的礼物都不送,只送婚戒,恐怕也是想着,万一分手了,还有索回的可能。想到这一点,吴梅不由得骂出声来:

"卑鄙,太卑鄙了!精明,真的太精明了!简直是机关算尽!"

既然如此,就更加不能还给他。何况,分手并不是她提出来的,她并没有做错什么。起因不过是一件极其微小的事,简直不值一提。白天还好好的,吃晚饭的时候,她先吃好了,就去阳台把洗衣机里洗好的衣服取出来晾晒,他不知道是哪根筋不对了,忽然对她发起飙来:

"你就不能在这老老实实坐着,等我把饭吃完?你这么急匆匆地干什么呢?!乡下人,乡下人就是什么都不懂……"

吴梅开始并没恼,只是笑他:"这么大个人了,还跟个孩子似

的,吃饭都得让人陪?"陈强也不是第一次骂她是乡下人了。紧接着,陈强又说:

"到底是乡下人,我跟你这个乡巴佬是过不到一起的,还有你那个拖油瓶,也别想赖着我……"

吴梅听明白了,他是欲加之罪,是没事找事,是冲着自己的儿子杨杨来的。杨杨今年刚考上大学,生活费和学杂费都是陈强给的,因为陈强不让吴梅出去工作,让她在家里照顾自己。陈强现在的生活是提前退休的生活,除了偶尔出去跟朋友打打高尔夫球,大部分时间就是待在家里,看股票,看电视,有时去小区会所里游泳、健身。他对吴梅说:

"上个劳什子班,一个月不就几千块钱!别去了,在家待着,我这股票账户一天涨跌十几万,会缺你的零花钱?"

吴梅开始不同意,说:"我的零花钱不要紧,但是孩子读书吃饭得要钱啊。孩子外婆年纪大了,我不孝敬她就算了,不能还指着老人替我养孩子吧?"

陈强当时大手一挥,脸上写满豪气地说:"孩子吃饭读书的钱我来给,直到他大学毕业参加工作。"

"这都是你陈强主动请缨拍着胸脯说的话,怎么现在又说是我和儿子赖着你了呢?"吴梅质问他。

陈强说着说着就扯远了,嚷着:

"就杨杨读的那个破学校,将来能有什么出息?还不是得靠着我?还有他那个无赖老子,指不定联合他来一起骗我的钱呢。上梁不正下梁歪,有他老子的无赖基因在,儿子将来也好不到哪里去。"

吴梅觉得别的事自己可以忍着，但是一说到儿子，吴梅就忍不住了，那可是她的心头肉。杨杨自小就贴心，吴梅有一次跟前夫张五常吵架，张五常在院子里坐着，三岁的杨杨正在一旁拿小桶挖沙子，忽然就拎了一小桶水走过来，用挖沙子的勺子舀水，浇了张五常一裤子都是，嘴里还说："让你再欺负妈妈。"过后被张五常拎起来，朝着屁股狠揍了一顿，打得屁股通红，嘴里仍然说："我不要你，我要妈妈。"

吴梅想起这些，心里有些后悔，当初就不应该把什么事都跟陈强说。哪个人是靠得住的？当初告诉他的那些委屈，现在倒成了他攻击她的把柄和武器。因此她对陈强感到有些失望，回嘴道：

"孩子读的虽然不是名校，但也是国家公办的正规院校。你的孩子是有出息，高中毕业就送去了美国，你一把给了她两百万生活费。我儿子读大学，你才给两万块不到，这花的钱也不一样啊！而且，你凭什么说我儿子是无赖呢？谁见了杨杨不夸他文质彬彬，一表人才？"

两个人越说越气，越吵越凶。吵着吵着，陈强忽然就手指着大门，对吴梅说：

"反正，我跟你这个乡巴佬是过不到一起的了。我也不可能和你结婚。请你，立刻，马上，离开我的家。滚，现在就滚！"

他竟然对她下了逐客令！这哪里是对待自己的女朋友？这分明是在驱赶一个不合格的保姆！

就算是保姆，我兢兢业业服侍了他七年，上海的住家保姆一个月也要五千块打底。这些年他除了给孩子一点生活费，也没在我身上花过什么钱，送我一枚戒指还好意思要回去？想到这里，她坚定了态度，戒指不能还他。不能这么欺负人！有本事，那就打官司好了！她料定他不会跟她打官司。尤其是，他前些年刚从里面出来，对"官司"这个词特别敏感。打定主意之后，她心里安定下来，有着对陈强不再抱有幻想之后的心死。

她承认，刚才下楼时，她幻想陈强会在门口把她拦住。出小区时，她走得很慢，等着他追出来。在马路边等车时，她还不时回头张望，想着他消了气就会后悔，然后像之前一样，疯狂找她，请她回去。然而，等来的竟然是他索要戒指的电话，那么冰冷、绝情。

2

七年前，南京路一间精致的酒吧里，吴梅坐在朦胧的灯光下，等待着最后一批客人散场。昨晚被前夫的短信纠缠，几乎没怎么睡，今天又忙了大半夜，实在又困又乏。她好几次跑到洗手间去照镜子。所幸，靠化妆品撑着，看起来居然还过得去。只是眼皮已经开始打架了。她用冷水拍了拍额头，使自己振作起来。

回到吧台，忽然，她的眼前一亮。一个身材高大匀称、气度不凡的男人，拨开门前的夜色走了进来，在酒吧里最角落的地方坐下，神情忧郁。吴梅当时就对他有了好感，如果不是后来看过他的身份证，吴梅以为他也就四十岁左右。

她走过去帮他开酒的时候，他一个劲地说谢谢。忘了是开第几瓶酒的时候，他轻轻拉住了她的胳膊：

"美女，陪我喝一杯吧。"他说。

她坐了下来，递给他一杯温开水，说："你醉了。"

他无疑是喝高了，对着她喋喋不休。一次、两次、三次，把这些年的委屈，一股脑地往外倒，对她毫无防备。

陈强有过两任太太，用他的话说，个个眼里只有钱，一个比一个有手段。第一任太太离婚时，分走了他一半房产，还要了两百万的抚养费，说要送女儿去美国。第二任太太心更狠，为了得到他的婚前财产，在他入狱时，她说已经找到了可靠的人，可以帮他减刑，但是要很大一笔钱。他当时刚从一个国企高管变成阶下囚，巨大的落差，使得他根本无法适应牢狱的生活，精神濒临崩溃。听说有机会减刑，就全权委托她把一套价值五百万的内环房屋出售，然后眼巴巴地等待她的营救。没想到，她把那些钱一分不剩地拿走了，还告诉他是为了帮他减刑花光了。他后来的确被减刑了，由六年改为四年。事后他才知道，他被提前释放是因为案件本身对他应负的责任量刑过重，跟什么"可靠的人"一点儿关系都没有。而他彼时已如惊弓之鸟，连重新打官司的勇气都没有，只能哑巴吃黄连。在他出狱不久，她就跟他离婚了，拿着他的钱，跟了别的男人。

"我在里面度日如年，惦记着与家人团聚，她却只惦记我的钱。她离婚时还说，像我这种男人，婚前财产把得这么牢，没有哪个女人会真心跟我过日子。难道这世上就没有不爱钱的女人了吗？"他喝得酩酊大醉，对着吴梅絮絮叨叨。

陈强是在来酒吧的第十次，跟吴梅表白的。吴梅最初是婉拒，陈强却很坚持，追问："是因为我比你大太多了吗？"

吴梅摇头，说："是我们的学历和经济条件差距太大，我怕配不上你。"

陈强听到这句话，仿佛受到了鼓励，霸道地牵起了她的手，说："只要你不嫌弃我比你大十五岁，我就谢天谢地了。我前两任太太都是名牌大学毕业，那又怎么样呢？个个眼里只有钱。在我心里，你比她们好一百倍。你知道吗？你长着一张贤妻良母的脸，让人看了就心生依赖。你和我之前的那些女人是完全不同的。"

这情景恍若昨日。

刚才打包行李时，吴梅想过了，今晚先找个旅馆住下，然后回之前的酒吧上班。她给酒吧的老板娘发了微信，这些年她还一直跟老板娘保持着联系，经常在朋友圈里给她点赞，潜意识里也是想给自己留一条后路。然而一直没有等到对方的回复，她的心情愈加黯淡。也是啊，现在00后的女孩都出来闯荡了，她一个年近四十岁的女人，已经不适合酒吧的工作了。为什么自己的人生，每次都因为一个男人而跌入谷底？

她想起张五常，就是陈强嘴里的那个无赖。那时她还是豆蔻年华，在苏北小城，那个长得人模狗样的男人，用一枝在花店门口捡来的玫瑰，在月光笼罩下的那座石拱桥上，骗走了她的初吻，接着又骗走了她的初夜。他对着月光和石拱桥发下誓言，要给她幸福。她望着他那俊朗的脸，头脑一热就答应了，还把自己积攒多年的嫁妆钱拿了出来，贴补他买了婚房。

如果誓言有用的话，世上岂会有那么多伤心人？

喝酒、赌博、打架、到处欠债，她经常到警局去交保证金领他回家。这些她都忍了，还把自己辛苦做工得来的钱给他填补那些资金上的缺口。没想到，他最后睡到了别的女人床上。是可忍，孰不可忍啊!

那是个十年不遇的寒冬,举目之处,遍地白雪皑皑,而张五常开始频繁夜不归宿。吴梅把杨杨送去上学之后,暗暗地去了他平日上工的地方,她几乎一天没吃饭,竟也不觉得饿。终于,待他散了工,她目睹他进入了街道上一个寡居的女人家。虽然早有心理准备,但她整个人还是感觉吃了闷棍一样,慌乱之间竟不知该怎么办才好。在门口蒙了好一阵子,才回过神来,她拿起门边的一根碗口粗的棍子就抡起来砸门。棍子上包裹着厚厚的积雪,随着她的舞动,雪花纷纷扬扬地落下来,像洒在葬礼上的白色礼花,有一种祭奠的味道。那寡居的女人开了门,带着无所畏惧的目光。吴梅径直走到房间里,她的丈夫此刻正穿着短裤裹着皮袄在那女人的床上坐着。看到她走进去,男人居然说:"天太冷了,要不你也到床上来吧。"她正想发火的时候,那个寡居的女人居然给吴梅端来了一杯冒着热气的红糖水,并对她说:"快喝一碗吧,你的脸色很难看。"她一把掀翻了那碗红糖水,却还是注意到那只端着碗的手,手指长长,皮肤嫩得像葱白一样,很好看。

"老天爷啊,真是疯了。"她喃喃地说,然后往门口走去,走到门口,又转回身,对那男人说:

"你什么时候回家,我们去把离婚手续办了。"

男人听了这话,像是遭了电击一般,马上从床上跳下来,恶狠狠地说:

"离婚可以,但是我老张家的家产,你一分钱别想带走!"

自那之后,男人变本加厉。为求早日解脱,她主动提出净身出户,与他协议离婚。男人则放弃了孩子的抚养权。

"禽兽不如啊,连儿子也不要。"她逢人提及这事都要骂一句。虽然她希望儿子跟着自己,但是没想到这个口口声声不要她带走老张家的家产的男人,却放下唯一的儿子不要了。而她从一个熟人那里听来,男人对此事反倒是扬扬得意:

"儿子是我的,跟不跟我,那也是我老张家的血脉,跑不了的。"

不想抚养,还想着以后能让儿子给他养老?

简直是做梦!

张五常就是个人渣。

吴梅对着那个熟人骂道。那个熟人满脸通红,仿佛被骂的是他自己。

3

黑了屏的手机屏幕再次亮了起来。她一到夜晚就把手机调成静音,这个其实是陈强的要求,他神经衰弱,睡眠不好,每次听到手机来电响声,他都像被人扎了针一样,跳起来叫道:

"什么重要的事儿,非得在人睡觉的时候打电话?!"

吴梅很无辜地表示:"是陌生电话,我也不知道,可能是推销房子的吧?"

"那你不能把它调成静音了吗?马上调成静音。"他怒气冲冲地说。于是,从那以后吴梅的手机就没在晚上响过了。

是陈强的来电。吴梅以为他还要说戒指的事,于是果断把电话挂掉,并且把手机取消了静音模式。想着:"现在都跟他分手了，干吗还要把手机静音呢？以后它想怎么响就怎么响。谁说单身就一无是处？起码它带来了自由。"

不一会儿，只见一条微信信息发了过来：

"阿梅，你快回来！我在洗手间里跌了一跤，起不来了！"

吴梅看了这条信息，心下一惊。她居然仍旧紧张他！

她条件反射似的在微信对话框里打下一行字：

"你别动，我马上就到。"

准备发送的时候，她脑子里忽然灵光一闪：

他不会是为了骗我回去的吧？虽然他已经五十多岁了，但是他经常打高尔夫、游泳和健身，身体壮得像一头牛，怎么可能跌一下就起不来了？他不会是想让我回去跟我讨回戒指吧？作为一个土生土长的上海人，他有的是亲戚朋友在上海，他既然这么绝情要跟我分手，即使真的跌倒了，也应该去找其他人才对啊！越想思路越清楚，没错了，他就是想骗我回去跟我要戒指。对，一定是的！

想到他晚上驱赶她时那满脸绝情的样子，以及刚才电话里索要戒指的语气，吴梅觉得自己的判断十之八九是对的。她庆幸自己还保持着理智，并把微信对话框里打好的这行字删除了，甚至还回头看了看，担心陈强此刻会忽然从小区里追出来。

风越来越大了，正在这时，她的滴滴软件发出了一声激昂的律动，有个司机接单了，正策马扬鞭往这里赶。她吁了一口气，把手机放进口袋，拢了一下头发。一辆白色的起亚在风中朝着吴梅站立的方向驶来，犹如一匹逃亡时适时出现的白马。

吴梅打开车门，坐了进去。车里开着空调，很温暖，她把羽绒服的拉链拉开，让自己坐得舒服一点。此刻她忍不住从口袋里拿出手机，似乎潜意识里还在纠结着什么。很快，理智战胜了感性："别傻了，能大半夜赶你走，这种男人还有什么好留恋的？不要再被他的谎话欺骗了！"为了避免自己一时冲动又犯下错误，她把手机重新调成静音，放回口袋，盯着车窗外肃穆的夜色。

　　车辆极少，大地沉睡着，只有风声呼呼作响，衬得这夜越发沉静。她瞄了一眼司机，是个戴着眼镜很斯文的大男孩。她心里放松了警惕，跟他闲聊了几句。男孩是个程序员，利用下班的时间开滴滴赚点外快，这是他今晚最后一个单了，因为明天还要上班。吴梅一听，心里咯噔一下："我会开车，也有驾照，看来我也可以开滴滴啊。"她仿佛在茫茫大海中抓住了一块漂浮板，心情忽然就明朗了起来。

　　快到旅馆的时候，吴梅拿出了手机，发现上面有十来个未接电话。前面是陈强的号码，后面几个是同一个陌生的固定电话。她回拨了那个陌生号码，居然是医院打来的。

　　吴梅听清楚了，陈强是真的跌倒了。陈强的父母年事已高，女儿在美国，显然他把自己作为紧要联系人。吴梅这时已顾不得太多，一种说不出的责任感驱使她对司机说："帅哥，不好意思，麻烦直接送我去东方医院，多出来的费用我另外微信转账给你。"男孩说："本来结完这单我就要回家了，不过刚好顺路，就再送你一程吧。"吴梅一个劲地说谢谢。

4

　　吴梅在门口走来走去，脑子里想着医生的话"没有生命危险，但是下半身瘫痪，以后要坐轮椅了"，心里五味杂陈。当陈强被推出监护室的时候，他原本高大的身体，躺在那张简易的病床上，缩小了很多，像一截枯木。吴梅心里一动，走上前去，从床单下面握住了他的手。陈强望着她，眼角流出了泪水。吴梅心里一下子就变得柔软起来。

　　陈强也并非没有可取之处。他高大匀称、气质儒雅、知识面广，有生活情趣。心情好的时候会帮吴梅洗头发、搓背，给她全身包括脚指头都涂上润肤露。一点一点，细致耐心。他教会她开车、游泳、打高尔夫球。除了"有时会犯病"这点外，大部分时间，他是个有魅力的男人。在上次分手之前，她一直掏心掏肺地爱着他。

　　吴梅在医院里白天黑夜地服侍着陈强，半个月陈强才出院。此时的陈强，与之前那个骄傲得不可一世的陈强相比，判若两人。他坐在轮椅上，疾病使他在短时间内迅速衰老，之前少许白头发，现在白发明显多了起来。吴梅推着他走在小区的景观道上，感觉恍如隔世。

　　"阿梅，我们结婚吧！明天就去登记。"陈强的声音如一声惊雷，把吴梅的思绪拉回现实。推着轮椅的手，抖了一下，停了有十秒。很快，她恢复了平静。这句话她盼了七年，终于姗姗来迟，眼前人却已不复旧时模样。她继续推着他往前走，没有搭话。

陈强见吴梅没有说话,似乎察觉到了什么。他转过身来摸着吴梅的右手,说:"阿梅,你还在生我的气?你知道吗?我进去的那几年,对我的精神打击太大,我得了抑郁症,所以经常会不定期地来一下子。我一直是想跟你结婚的,我真的在乎你!"

吴梅平静地说:"你现在这个样子,结婚不结婚,又有什么意义呢?"

她当然明白陈强,无非是想让自己死心塌地地照顾他。可是凭什么呢?凭他夜半将她赶出家门?凭他分手时还想要回戒指?她不是傻子,她能够回来照顾陈强已经是有情有义。

陈强驰骋商场这么多年,吴梅那点小心思怎么能够瞒得过他?他一眼就看出吴梅的迟疑。

"阿梅,我当然想要你照顾我。但是,如果只是为了这个,我完全可以请个护工。我想和你结婚,是想给你一个保障。我虽然残疾了,可是我的财产足以让你后半生衣食无忧。"

陈强的话听起来颇为诚恳,他说的也是实情。陈强毕业于名校,事业做得风生水起,虽然经历两次婚姻,有过牢狱之灾,但是家里仍有两套房产。父母一套两居室在浦西,自己一套大平层在浦东,股票账户上还有上百万有价证券。这些吴梅都是知根知底的。

吴梅仍旧没有表态。她心里清楚,陈强固然有钱,可那都是他的婚前财产,他有父母,还有女儿在美国。即便她与他结了婚,等他去世了,她到时年老色衰,下场肯定很惨。来上海这些年,别的没学会,天天看《老娘舅》,《婚姻法》和《继承法》是被科普得门儿清。

没想到，当晚，陈强自己推着轮椅递过来一张纸，是那种很老派的红格子信纸，信纸上端端正正地写着几行字。陈强双手捧着把它递过来交给吴梅。

吴梅不知道他想要什么花样，接过来一看，只见开头部分的中间写着两个字："遗嘱"。

吴梅虽然只有初中文凭，但是读这几行字还是毫不费力的。她看明白了，这是陈强立给吴梅的遗嘱，关于眼前这套房子的遗嘱。大意是，"陈强先生离世之后，位于浦东的这套房产，将完全归吴梅所有。其他亲属不得以任何名义分割该房产。该遗嘱自吴梅与陈强结婚登记之日起生效"。

陈强盯着吴梅的脸，看着它因为主人的激动而由白转红，他料定自己这一招有了效果，讨好地说：

"这下，你该放心了吧！万一我走了，这房子就是你的。以后杨杨毕业了，他有能力买房就更好，如果不行，让他跟着你住，你老了也有个依靠。"

吴梅盯着遗嘱看了好一会儿，面色逐渐稳定下来，问：

"你上次跟我闹分手，连个戒指都要讨回去，现在居然肯把房子送给我？"

陈强笑了："我的傻女人，等我离世了，别说是这房子，就是再多的财产，对我来说，还有什么意义呢？你是我的女人，又比我小这么多，我总得对你的将来有个安排。"

吴梅不相信，继续追问：

"你女儿呢？你不管她了？"

陈强叹了一口气，说：

"我就是想管也管不了啊！陈晨远在美国，现在又考上了博士，她以后根本不会回国发展的。她曾经说过，就是回来了，也不认我这个爸爸。这些年，她心里一直恨我。我想知道她的消息都得拐弯抹角的，连她的电话都没有。"

吴梅心里一块石头落了地。

人生就是这样吧，塞翁失马，焉知非福。固然陈强现在已经是个废人了，自己还不到四十岁，嫁给他显然是委屈了自己。可是，甘蔗没有两头甜啊！陈强如果健健康康，他会甘心娶自己吗？这样一个葛朗台般的男人，生了一场病之后，倒是变得豁达了。从另一种角度来讲，这未尝不是一件好事。陈强得的这种病，她了解过了，也就三五年的寿命。往多了说，也就十年八年。这套房子价值一千多万，就算搭进去几年的青春，也是值得的。到时候杨杨大学毕业了，上海的房子这么贵，如果能够给他准备好一套房子，那他以后的人生道路不就顺畅多了吗？

以前吴梅只考虑感情，可是感情给自己带来的只是无尽的伤害。人到中年，她得学会保护自己，给自己一个交代。一个月前在冬夜的马路上孤独等车的滋味，那份绝望的心情，至今难忘，也给了她一个提醒：不能总是让感情被这些臭男人辜负了。经历过这番折腾，此时的吴梅再也不是以前那个吴梅了。她感觉到自己的体内有一种东西正在逐渐变得坚硬和理性。

因为这份遗嘱，吴梅的心情从此变得不同。虽然每天面对一个下肢无力的男人，她走在街上却感觉到了一种扬眉吐气。那是历经漂泊之后，因为即将成为有产者而生出来的自信和满足。她每天细细地擦拭家里的家具、地板，使它们洁净如新，像呵护自己的脸一样细致。在这房子里住了七年，从来没有过归属感，她是一个随时会被扫地出门的人。今非昔比，马上就不同了，自己将成为这里真正的女主人。以后，这个家就真的是自己的家了！

陈强说："都是三婚了，自己身体又是这么个情况，也不操办婚礼了，就去民政局领个结婚证吧。"吴梅更没有异议，婚礼嘛，本来就是做给别人看的，再加上他们年龄差距这么大，别人指不定要说什么闲话，还是低调点比较好。只要登记了，那就受法律保护。他们计划圣诞节领结婚证。

平安夜那晚，吴梅躺在床上辗转反侧。结婚本是个大喜事，可是自己似乎完全高兴不起来。如果，陈强是在健健康康的时候娶自己，那该多好！他身材好，气质也好，完全不像是五十多岁的男人。而现在呢，他俨然一个老头了，不过短短几周，物是人非。她感觉自己像是旧社会用来冲喜的女人，心中充满悲伤。她也有点纠结：如果离开他，哪怕去开滴滴，照样可以养活自己和儿子。她现在还不到四十岁，还可以找一个正常健康的男人，过正常的生活。眼下，要跟这样一个残疾人耗到老？这一步会不会走错了？自己的青春真的可以用一套房子来衡量吗？活着的意义何在？她翻来覆去，像一条滞留在岸上不停扑腾的鱼。

迷糊着睡了一会儿，天就亮了。她想再睡个回笼觉，房间里的可视电话却响起了刺耳的门铃声。

会是谁呢？

自从陈强残疾之后，他拒绝见朋友和亲戚。他之前是一个多么骄傲的人啊，从来都是高高在上，受人尊敬和羡慕。眼下突然成了这个样子，他干脆把自己封闭起来。陈强对吴梅说："谁都不见,谁来都说我不在。"

吴梅接通电话,还未及开口,里面就传来一个姑娘脆脆的声音:"爸,是我。我是陈晨。"

吴梅当时就呆住了,空气像是凝固了一样。

陈强正在客厅看电视,问:"怎么了?是谁来了?"

吴梅说:"陈晨。你女儿。"

只见陈强正在喝茶的手突然晃了一下,黄色的茶水从茶杯里洒了出来。镜片后的双目,泪光闪闪。

他对吴梅说:"快,让她进来。"

5

书房的门一直关着。两个小时过去了,门还关得牢牢的。吴梅在走廊里拖着地板,拖到书房门口,就动不了了,双脚像被粘在了地板上。她把拖把握在手里,把耳朵贴在门边,蹑手蹑脚,像个小偷。然而,房间里的两个人,似乎早已洞悉一切,正在用上海话交流着,偶尔传来一阵轻轻的啜泣声。吴梅一句也听不懂,脚下的地板被拖得映出斑驳的光影。

陈晨进来的时候,吴梅觉得眼前一亮。身材高挑,眉眼清秀,跟陈强长得很像,浑身散发着精英人士的气质。陈晨走的时候,眼睛红红的。她执意不在这里吃午饭,说妈妈还在等她。而她也不想让妈妈知道自己来过这里。

吴梅听陈强说过,他和陈晨的母亲离婚已经十多年了,陈强在一次出差的时候,酒后与女下属发生了关系。陈强说自己是被引诱的，纯属酒后冲动，他从来没有想过离婚。然而没想到女下属主动给陈晨的母亲打了电话，说自己和陈强是真爱，让陈晨的母亲退出。陈晨的母亲是个异常刚烈的女人，居然就真的要和陈强离婚，任陈强百般挽回，她都咬死一句话："一次不忠，永久弃用。"女儿也被她教育得极其冷漠，离婚后，极少能见得一面，说永远不会原谅陈强。没想到，陈晨会在这个时候突然从美国回来，这让吴梅感到有点措手不及。

陈晨走后，陈强一个人在房间里呆坐了很久。吴梅感到自己的心一下子掉进了冰窟里。她的隐忧终于要成为现实。陈强之前说的那些根本靠不住，从他今日对女儿的表现来看，他是如此深爱着自己的女儿。待他临终之际，势必会把所有的财产都留给女儿。他给自己立的那份遗嘱，根本没什么意义。他完全可以给陈晨再立一份。她打听过了，如果有两份遗嘱，通常会以最后一个为准。到时候她肯定是竹篮打水一场空。她不能坐以待毙，她得想办法把陈强的婚前财产变为婚后共同财产，这样才能确保万无一失。

第二天，是约定去领证的日子，吴梅却躺在床上迟迟不起来。她对陈强说身体不舒服，领证的日子还是改天吧。

陈强似乎看出了她的疑虑，说："你是有什么心事吗？"吴梅直摇头，说："头晕恶心，浑身乏力。"她的脸因为心情不好，显得蜡黄。陈强现在衣食住行都要靠着吴梅，自然也就没有再说什么。

6

吴梅最近四处关注新楼盘的信息，网上看到新楼盘都会逐个打电话过去咨询。

那天天气非常好，吴梅说要带陈强出去走走，然后径直推着他去了附近一个新开盘的售楼处。售楼处的小姐非常热情，不由分说就带他们去看了样板房。样板房面积不大，只有九十平方米，是精装修的两房一厅，但是小而美。小区环境很好，有湖有桥有花园。陈强对售楼小姐说："这房子不错，但是我不买房，我有房子，我房子比这大多了。"

吴梅把陈强推到一边，悄悄地对陈强说："亲爱的，你看，家里就我们两个人，住着近两百平方米的房子，太大了。我问过风水先生，房子太大，人太少的话，不聚气，反而对身体不好。你现在这个状况，还得常年看医生做理疗。现在股市行情也不好，我又不上班，都在坐吃山空。不如这样，咱们把那套大房子卖了，换成同层面对面的两套小的。我们住一套，另外一套可以收租金，生活压力会小很多，打理起来也方便。"

吴梅说出这些话的时候，显然是已经想好了的。如果陈强不答应，这婚就不结。

她没有想到，陈强只迟疑了几分钟就答应了她。陈强对吴梅说：

"亲爱的，你说得有道理，就这么办吧！"

回到家，吴梅从平常骚扰自己的中介电话里拉了个名单，一个个联系，把房子情况介绍了一下。又拍了一些照片，从微信里发过去。为了快速出手，她让中介把价格报得低一些。

事情顺利得出乎意料。房子刚挂出去就有好几拨人过来看，其中有一对中年夫妻，自进到房间里来，四只眼睛就没消停过，眉眼里都透着喜不自禁。他们是一家新上市公司的小股东，手里的原始股在股市里赚了一笔，为了守住利润，刚过解禁期就赶紧拿出来想换成房产。没几天就定下来了，1200万成交，交了50万定金，约定了尾款和交房时间。他们又重新去了那家新开的楼盘，定了上次看的那个户型，面对面的两套，也交了定金。吴梅怎么看怎么欢喜。

看房回来的路上，路过家附近的商场，有一家私人定制服装店，橱窗里的一对模特，穿着大红的中式袍子，一男一女，非常精致和喜庆，像小时候看过的电影里旧社会那些大户人家的新郎新娘。吴梅的脚就走不动了，推着陈强走了进去。吴梅指着模特身上的款式，说："就按这个款式，给我和他来一套。"坐在吧台前的店主，嬉笑着迎上前来，对吴梅说："你真有眼光，这是我们的经典款，叫鸳鸯袍。"

7

外面天寒地冻，室内温暖如春。地暖开得很足，陈强只穿了一件套头衫。吴梅把温度调低了些，陈强还是喊太闷热了，要把窗户打开透透气。吴梅起初不肯，外面太冷了，开窗怕要受凉。陈强又忽然犯病一样，说："我让你开，你就开。"吴梅走过去，

《鸳鸯袍》,沈帮彪 绘

打开了客厅的窗户。陈强双手推着轮椅，推到窗户下面，大口呼着气，说："闷死我了，还是自然的空气好。"

吴梅看了看，就走到跟前，说："差不多就行了，我刚看到网上最近都在说流感的事。今年的流感好像很厉害。"

陈强不以为然："现在都什么年代了，还怕流感？那些新闻都是吓唬人的，事情没有你想的那么严重。"一边说着，一边把身上的套头衫也脱了下来，说，"终于舒服了。"

吴梅赶紧上前阻止他，陈强却不领情，说："没事，就一会儿，还能要了我的命不成？我这一生，什么大风大浪没见过？老天爷嫉妒我，让我进牢房，如今又让我残疾。可是，它别想轻易要了我的命。"

吴梅无奈，只好由着他。

当夜，陈强发起高烧来。吴梅开始没当回事，就是普通感冒嘛，喝点感冒冲剂，几天就会好的。没想到，发烧持续了一周，反反复复，总不见好。她开始慌了：结婚证还没有领，万一他这个时候去了，那她可是鸡飞蛋打了。她也不敢送他去医院，怕送进医院就出不来了。领证这事不能再拖了。明天，对，明天无论如何，先去把结婚证领了。

第二天，她早早地就起了床，把托人定制的那套大红的中式鸳鸯袍取出来，给陈强和自己换上。陈强吃了药烧退了些，精神也好了些。民政局离得不远，大概只有三公里，吴梅推着他，一路往民政局跑去。火红的鸳鸯袍子随风舞动，像两团火焰。吴梅一边跑，一边低头，唯恐眼前的那团火倏地熄灭。

到达民政局门口，吴梅停下来刚想松一口气，却发现陈强的身子已经滑了下去,倒在了地上。她颤抖着把手放到他的口鼻处,发现他已经没有了呼吸。

8

一周后,吴梅处理完陈强的丧事,在房间里收拾自己的物品,准备离开上海。她和陈强没有领结婚证,之前陈强立的遗嘱对她来说也就失去了意义。她明白,陈强离世后,自己也就失去了这套房子的居住权。与其等着他的亲属来赶她走,不如自己识时务一点。当她打开行李箱的时候,发现里面有一个信封,上面写着"吴梅亲启"。她一眼看出那是陈强的字,拆开一看,里面是两张熟悉的红格子信纸。她忘了站起身,就跪在地上,展开了信:

亲爱的阿梅:

当你看到这封信时,我大概已不在人世。我的前半生可谓一帆风顺,平步青云。年少得志使我恃才傲物,目中无人,做了许多荒唐事,一而再再而三地犯错。身边的人都远离了我,我却没有悔悟,继续刚愎自用。人到中年,终于栽了个大跟头。

几年的牢狱之灾,使得前半生的成就全部归零,对我的精神造成了毁灭性的打击。遇见你之后,我的生活才重新有了光亮。你的善良、温柔、宽容,也使我在你面前百无禁忌。有时我很作,甚至无理取闹,只是想感知你对我的爱。我的内心其实非常脆弱,害怕被抛弃。

你一次次不计前嫌，不离不弃，证明了你对我的爱。而我却在立遗嘱的时候还有所保留，要求你和我结婚。如今想来，这是非常自私的想法。

　　感谢你陪我度过的七年，感谢你这段日子对我的照顾。我已重新为你立好遗嘱，并让律师朋友帮忙做了公证。我上次跟陈晨沟通过了，她在美国有了心爱的人，并将定居美国，她也同意我把房产留给你。我的父母已经年迈，希望你有空可以去看看他们。

　　愿你如以前一样，善良、纯真，拥有更加幸福的生活。我会在天堂看着你。

　　爱你

陈强

2018 年 1 月 20 日

　　吴梅跪在地上，把信纸放在唇边，不停地亲吻，泪水顺脸而下，打湿了它的边缘。

流光飞舞|

1

正是上班早高峰，人潮汹涌。赶地铁的乘客，不约而同地聚集在一起，待地铁停靠站台的时候，他们就像大海里的浪花，随着地铁门的打开，形成一个巨大的浪头，在站台与地铁之间的空间里来回拍打着。挤上去的就进去了，挤不上去的又反弹回来。施施与其说是站在人群中，不如说是漂在人流中。她基本上没有自主选择的机会，一路被人流裹挟着，经过几次拍打，终于挤上了2号线地铁。座位是想都不要想了，她被挤到车厢之间的角落里，手里碰巧抓住一个扶手环，就像溺水的人抓住了一个漂浮板，略有一些安慰。这样的场景，在上海，几乎每天都在上演，她早已见怪不怪。只是，今天她很不走运，一只鞋跟被挤掉了，这使得她站立的时候，身体有些不平衡，摇摇晃晃的，格外不适。平常，她出门会尽量避免穿高跟鞋。但是今天早上，她心情不好，出门的时候是赌着气的，随便穿上一双鞋就下楼了。她不知道，这双鞋是婆婆发现鞋跟有问题，放在门口，打算今天拿去给她修的。

　　凭良心说，婆婆待她不错。因为有婆婆帮忙照看孩子，她才能够安心上班。她也知道，别的婆婆照顾孩子就只照顾孩子，她的婆婆可是顺带把洗衣、买菜、做饭、收拾房子全都包了。这一点，即便是施施的亲妈也做不到。亲妈前阵子承诺过来带一个月外孙，带了一个礼拜就说吃不消了，说加加像个肉球，吃得滚圆滚圆的，抱在怀里像抱个铁疙瘩，一天下来胳膊腿都不是自己的了。而相比之下，婆婆却以加加这个大头孙子为骄傲，每次听到邻居说"瞧这孩子被你们养得可真好"，她就高兴得合不拢嘴。婆婆不仅任劳任怨，而且大包大揽。她不仅管着孙子加加的伙食，甚至连施施的饭量都要管。就说今天早上，施施只是吃菜，不想喝粥，婆婆就对她好一阵教育："施施啊，再忙饭是要好好吃的，看看你最近脸色多难看，老是不好好吃饭，怎么有体力上班呢？电视上都说了，不吃早饭容易得胃病。"

　　施施开始还耐着性子解释："我不是在吃早饭吗？只不过我最近在减肥，早上不能吃主食，粥也是主食，吃了就前功尽弃。"

　　"看看你都瘦成什么样了，还减肥。"婆婆言之凿凿。

　　施施想起一早秤盘上 55kg 的数字，再想想自己一米六的身高，哭笑不得。没想到婆婆说着说着还动气了："菜是引食，是引着你吃饭的。在过去，一家人吃一条鱼，饭吃完了，鱼一点没动，就少了点汤。吃饭时不吃主食，只吃菜，像什么过日子的样子。"

　　施施夹起一块西红柿炒蛋，悠悠地说："那都是多少年前的事了，现在又不是过去缺吃少穿的年代，现在讲究的是营养搭配。"

　　婆婆把筷子一放，说了一句："我也饱了。"

婆婆这辈子生了六个孩子，饱经风霜，把几个孩子抚养成人，着实不易，但也因此有些强势。虽然她对施施像对自己闺女一样，视如己出，但施施可不喜欢这样被约束，她继续淡定地吃西红柿炒蛋。

老公陈亮一向孝顺，看到这个情景，马上把一碗粥推到施施跟前说："施施，听老妈的话，快把碗里的粥喝了。"口气不容置疑。

施施就不明白了，为什么自己连早餐吃什么都做不了主？十五岁就离开家乡，独自生活的她哪里受得了这个？她感到胸闷，站起身来，抓起门后的手提包，随便踩了双鞋子就摔门而出。

"脾气比我还大，说一句都不行了，我这还不是为了她好？"婆婆的话，像发出的箭，被硬生生挡了回去。电梯即将关闭的时候，她听到陈亮在楼道里喊："施施，施施……"

2

陈亮的声音，是那种好听的男中音，磁性中透着稳重。这也是当初吸引她的一个重要元素。她曾经真是爱死了他的声音，以至于没事就想找个话题跟他聊聊天。那时，她刚十八岁，在一家大酒店做白案。而陈亮当时是那家酒店的后厨灶台掌勺，比她大七岁，被施施称为"大叔"。大叔陈亮当时正被家里催婚搞得焦头烂额，经常向施施诉苦："娶媳妇又不是买白菜，难道我能去大街上随便抓一个？"施施每次听了就哧哧地笑，经常帮忙出谋划策，看着他在家人的安排下，参加一场又一场相亲。正因为如此，她知道陈亮所有的恋爱史。

陈亮的第一个相亲对象，是陈亮的三姐介绍的。说起来有点不可思议，在那个计划生育如此严厉的年代，陈亮竟然有五个姐姐，陈亮是家中最小的一个。可以想见，陈亮的父母是多么重男轻女。尽管陈亮为此多次解释："爸妈并不重男轻女，老爸是党员，是第一拨主动去结扎的男人。只能怪那时候农村的医疗技术不好……不然你看，我的姐姐们几乎都是大学生，反倒我没有上大学。"施施听了不以为然，说："是你读书太差了吧。"

三姐介绍的姑娘是她的美容师 Linda，长得娇小而甜美，性格温柔乖巧，看起来简直没得挑。她显然也很明白自己的外在优势。她知道陈亮的姐姐们在上海有房有车，陈亮又是家中最小的弟弟，似乎笃定陈家会对她一掷千金，今天要陈亮送个手机，明天让他送个金手链。半年不到，她就提出要在她的家乡城市先买一套房子，并且强调说："买了房子再接着谈。不买房，我们就分手。"这个要求，陈亮也并非做不到。但是陈亮的父母不同意，要买房也是在上海买，或者去陈亮的家乡买，凭什么去 Linda 的家乡买房？难道她想让陈亮去她家当上门女婿？两家隔着几百公里呢！这可是碰了老太太的底线，生了这么多闺女之后才有这么个宝贝儿子，怎么可能送去给别人当儿子？尤其得知 Linda 家是姐妹三个，没有男孩之后，危机感更为强烈。老太太当机立断，这个女孩子不合适。虽然她盼着儿子结婚，但是有人想和她抢儿子，那是门儿都没有。

与此同时，陈亮的五姐也发表了意见："那个姑娘我不喜欢，上次小弟带她到家里来，晚上我好心拿了一套新买的没剪去商标的内衣给她换上,她居然念念有词,说内衣要洗过才能穿。谁不知道内衣要洗了再穿?这不是特殊情况吗?好心当作驴肝肺。这样的姑娘我们家还真伺候不起。"

只有三姐不表态,毕竟她是媒人,只能让陈亮自己做主。陈亮自小就非常孝顺,从来不忤逆父母,也知道姐姐们素来疼爱自己。通过这件事情,他也觉得 Linda 太物质,不由得也要想想,"不买房子就分手,她到底是想要房子还是想要我"。虽然有些伤心,但他还是快刀斩了乱麻。

Linda 后来跟三姐说:"我觉得陈亮并不在乎我,否则我老家的房子又不贵,首付也就十几万,难道我在他心目中还不值十几万?"而三姐只说了一句:"缘分不够吧。"其实她想说的是:"每个人都希望别人在乎自己多一点,都想让对方证明对自己的爱,可是,凭什么呢?"这是三姐后来告诉施施的。

陈亮交往的第二个女孩子,是二姐介绍的,据说读过专科学校,在苏州工业园区上班。她对陈亮时好时坏,若即若离,根本弄不清她到底想要干吗。四姐生孩子住院的时候,她还跟着陈亮一起到医院看过,在一起的时候也像情侣一样手拉手。情人节那天,陈亮下班之后买了一束花,打车从上海赶到苏州,想给她一个惊喜。结果她竟将陈亮拒之门外,死活不让进门。这段感情就这样仓促收场。

陈亮交往的第三个女孩子,是老家一个大哥介绍的。那姑娘对陈亮是一百个满意,见面之前就在网上聊得火热。见了之后,陈亮感到心如死灰。他没想到,网络跟现实、照片跟真人,可以说是云泥之别。只有婆婆急了:"我看挺好,不就是黑了点,矮了点？你看她说话多亲近人，一口一个阿姨。"陈亮气得直冲婆婆翻白眼："妈，你也是真不挑啊，你不怕生出来的孙子一关灯就找不到了？"

婆婆这次是真急了，甚至有点后悔之前对 Linda 的态度太武断。她对陈亮发起火来："人家儿子出去打工，随便混混就有了女朋友。让你找个媳妇咋就这么难？你们饭店里那么多女孩子，你就不能带一个回来？"

陈亮老实本分，跟女孩子在一起都是规规矩矩的，同事们都对他印象蛮好，但是也保持着一定的距离。他在脑袋里转了半天，说："倒是有个姑娘对我挺好的，她头发很短，皮肤很白，五官长得还不错，就是大大咧咧的，像个男孩子。"婆婆说："那你还不去追？女孩子是要打扮的。"

3

有了那三个女孩做铺垫，陈家人在历经为陈亮找媳妇的百般辛苦之后，对施施的出现态度、分寸拿捏得恰到好处。仿佛命中注定似的，一贯短发的施施，听从陈亮的建议，蓄起了长发。在陈亮要带她回家的时候，她穿了件白色的羽绒服，衬得白皙的皮肤更加吹弹可破，毕竟是年轻啊。刚刚齐肩的长发束成一个低低的马尾，让她看起来温婉清秀。而且她还有一双巧手，一见面就给陈亮的姐姐们每人送了一双自己做的绣花鞋垫。

"做工细致，刺绣精美，看得出来是个有爱心有耐心的姑娘。"三姐这样点评，其他人也都附和，施施一出场就博得了全家人的好感。

"真是踏破铁鞋无觅处，得来全不费工夫。"大字不识的陈亮母亲，兴奋得居然出口成章。"就是她了。"几个姐姐也一致表示赞同。

姐姐多自然是麻烦多，但好处也是明显的。这不，几个姐姐每人凑一点，买房的首付就有了。虽然是买在市郊，但是，上海的房子多贵呀！这已经让很多人羡慕了。姐姐们对于这个弟弟，无疑倾注了饱满的感情。

施施回忆起这段往事，心中涌起了莫名的感动，而想到婚后的生活，又有一些惆怅。陈亮对她一直呵护有加。就是有一点不好，在婆媳关系上，他从来不会旗帜鲜明地站在施施这一边。即使是婆婆的问题，陈亮也是动之以情，晓之以理，试图让施施去理解婆婆。这是让施施心中感到苦闷的地方。略感欣慰的是，这几个姐姐对她还算比较疼爱。只有大姐比较严厉，甚至有些挑剔。作为老大，大姐在这个家里一直扮演着重要的角色。据陈亮说，在过去那些穷困的日子，大姐为这个家做出了重要的贡献，于是难免有些霸道。但是大姐对施施有恩。加加出生的时候是难产，施施在产房里痛了一天一夜，还没生出来。妇产科的那帮医生，每个都过来摸两下，孩子没有出来，倒是脑袋被她们摸得受损，差点窒息，幸而大姐果断提出剖腹产手术。加加出生后，状况百出，是大姐出面给产科医生们施加压力，让孩子得以及时转入重点医院救治，否则后果不堪设想。月子里也是大姐专门请了一个月的假，鞍前马后地照顾她和孩子。

施施在生了加加之后，就辞去了酒店的工作，去了三姐投资的一个高档美容会所上班。当时是大姐在主抓那里的运营管理。大姐是资深美容师，从业二十年，技术好，脾气急，做事风风火火。大姐说，施施这么聪明，要好好培养。施施也很争气，从零学起，勤于钻研，很快就成为店里的台柱子，深得顾客欢心。从企业高管，到公务员精英，不少客户都成了她的闺中密友，对她无话不谈。那些"白骨精"，无论在职场上如何叱咤风云，一到SPA间，把衣服一脱，就卸去了伪装和面具，对施施坦诚相待。当然，这也得益于施施娴熟的专业与巧妙的沟通能力，以及她那看起来天然无公害的五官。总之，大家基本上都很喜欢她。一些大姐前期开发的老客户，也对施施掏心掏肺。

地铁即将到站的时候，她收到了云裳的短信："亲爱的，我十点到哦。一会见。"云裳是店里的 VIP 客户，跟施施私交甚好。提及云裳，施施只能慨叹："人比人，气死人。"

4

云裳身高一米六八，肤白貌美，年近四十的人了，肌肤胜雪，腰比十八岁姑娘的还婀娜。即便是脱去衣服，光光地躺在床上，她小腹平坦光滑的样子，也不输给那些未婚的女孩。很难想象，她也生过孩子了。

"所以啊，女人是要保养的。"这是云裳的口头禅。

这些年来，她花在美容院的钱不计其数，哪年不得扔个几十万？就说这张脸，水光针、超声刀、玻尿酸，但凡出了什么高精尖的保养品、保养术，她从来都不落下。而她的那些钱也没有白花。她看起来就像个二十出头的小姑娘，从里到外都经得起鉴别，走到哪里都是众人的焦点。小伙子的目光也常常被她的身影牵引。

　　美貌自是天生，但更需要后天的保养。让施施羡慕的，还有云裳的家庭。云裳的老公是张江高新企业区的知名企业家，年轻有为，属于那种在百度上能查到的人物。有钱就不用说了，而且还高大帅气，像偶像剧里的男主角，不仅帅而多金，而且对云裳特别好。何以见得？这一年几十万的保养费就是例证。而且每次刷卡都是他陪着云裳过来。他一身的潇洒与气度，令人过目难忘。施施至今记得他第一次到店里来，对云裳的那份体贴温柔，张口闭口都是"亲爱的，亲爱的你定，亲爱的你说好就好"，施施听得麻酥酥的。

　　要说帅与体贴，陈亮也不差。陈亮就是没有钱，她相信如果陈亮有那样的身家，对自己也不会吝啬。施施最羡慕的，是云裳有一个高知的婆婆，或者说，是云裳的婆媳关系。用云裳的话说，婆婆跟她就像是朋友，既友好又保持着适当的距离。她的婆婆懂得进退，从来不会多管闲事。用上海话说，就是特别"拎得清"。像自己吃早餐被批评的事，在云裳家里根本不可能发生，你就算不吃早饭，婆婆也不会多问一句。甚至孩子发高烧了，你不请婆婆帮忙，婆婆也能气定神闲地看电视。那些因为子女的教育问题闹得鸡飞狗跳的家庭矛盾，在他们家从来不会出现。婆婆说了："你们才是辛巴的生身父母，辛巴的事，你们说了算。"听听，这种婆婆多么得体！再想想自己那个目不识丁的婆婆，加加即使发个低烧，她也急得坐立不安，一会要喂水，一会要喂药。那些药，都是从老家带来的，好多都是抗生素。"药哪能随便喂呢？发个低烧不要紧，物理退烧就行。"施施每次都要苦口婆心地阻止婆婆。为了这些小事，婆媳俩没少争执。

一路胡思乱想，不觉已到会所门前，她才发现自己手里拎着一双鞋子，不觉脸一红，这一路肯定被不少人看了笑话。大姐坐在吧台前，露着半个头，正在低头打电话。见到施施进来，她挂了电话，从位子上站了起来，对施施说："哟，你这是去哪里摸鱼回来了吗？迟到三分钟，扣五十块。"

施施把鞋子放进吧台的一个手提袋里，看了一下自己的手机，淡定地说："还差三分钟才到九点，你的手表不准。"

大姐对着她的额头点了一下："你肯定是调了手机时间。"

施施说："再这样克扣我，我就给婆婆打电话，告诉她，有人欺负她儿媳妇。"

大姐哈哈大笑，说："你现在知道婆婆护着你了，早上谁还摔门来着？我妈都给我打过电话了。"

施施一听这话，脸拉了下来，心里想着，这日子真是没法过了，我这一天的活动半径都绕不开他们家人，再这样，我就辞职。

说到辞职，施施又犹豫了。凭良心说，做美容师比在饭店里做白案强多了。自从当了美容师，谁不说她越来越漂亮了？虽然体重还是雷打不动，但是五官是越来越精致，穿衣打扮也比过去有品位，接触的也都是素质很高的人群。而且，收入比过去也翻了几番。就说这刚过去的一年，她就攒下了12万。放在过去，那是想也不敢想啊。嗯，看在钱的分上，不能动不动就想辞职。这样太简单粗暴，要以智取胜，兵来将挡，水来土掩。她在心里打定主意。

她走到更衣室,换了职业套装。腰上的拉链绷得紧紧的,拉到臀部拉不上去了,其他的美容师都在房间里忙着,她只好叫大姐过来帮忙。大姐拍了一下她的屁股,说:"收紧点,吸气。看看你的腰和屁股,怎么给顾客当榜样!"

施施白了大姐一眼,说:"是你给我买的工作服小了一码,我明明穿 M 号,你非要给我买 S 号。再说了,我想减个肥容易吗?一大家子人看着我吃饭。"

大姐用力一提,终于将拉链拉上了,说:"你啊,这叫不知好歹。你就是野惯了,不服管教,为你好都不懂。"

施施最讨厌人家以"为你好"做借口,干涉她的人生。她心里的怨气腾地又升了起来,占满了胸腔。她想今晚回去要跟陈亮好好谈一谈。她要抗争。从现在起,任何人都不能干涉她的生活,对她指指点点。她的人生,无论富贵贫贱,都要自己做主。

正在这时,大姐发话了:"施施,你约的客人还要大半个小时才到,过来,给我刮个痧,昨晚没睡好。"

换作往日,施施肯定二话不说就照做了。今天她决定不这么干。她对大姐说:"我现在没空。再说了,现在是上班时间,不应该做与工作无关的事。"

大姐气得脸都青了,却又无可辩驳。

施施在心里得意地笑,有一种冲破禁忌的快感。

5

云裳来的时候,施施已经备好了花茶。房间里的庆铺铺得平展展的，班得瑞的轻音乐像山里的溪流，缓缓地流淌着，房间里透着淡淡的柠檬精油的香气。这是云裳喜欢的味道。

云裳沐浴完进了房间，身上的浴袍轻轻一掷，刚好落入施施的怀中。施施笑着说："哟，我的大美女，你抛绣球呢。"

也许是对自己的身材格外自信，云裳如往常一样一丝不挂，往床上轻轻垂下身子，躺倒在美容床上，像醉酒的贵妃。施施开始做美容师的时候还有点不好意思，渐渐也就习惯了。她从美容床下的抽屉里拿出一条一次性内裤递给云裳。

云裳边穿边说："唉，你说我保养得这么美，有什么用呢？我老公把我的脸扳过来扳过去地看，就是不动手。"

施施听到这句话，愣了一下。跟云裳认识也有一年多了，这话还是第一次听她说。以前只听云裳说她老公工作很忙，是个工作狂，每天早出晚归，很少陪她。跟女人打交道，施施把握住一条原则：女人抱怨老公的时候，自己是不能火上浇油的。如果你跟着对方骂了，女人事后跟老公和好，转身就会怪你，觉得你不盼着人家好。这一次，施施当然也不例外。何况，云裳老公一年几次来店里刷卡，这样的老公多给力啊！

于是施施说："亲爱的，你老公对你多好啊！每次来替你刷卡，十万八万的，眼睛都不眨一下，对你肯定是真爱啊。"

云裳说："那你也不想想，他工作那么忙，平时连陪我吃顿饭的时间都没有，为什么还要亲自来刷卡呢？"

施施想了想，试探地问："难道，他的钱不给你？"

云裳不说话。

施施说："其实啊，你是他明媒正娶的老婆，他婚后赚的每一分钱都有你的一半。谁管钱都无所谓，给你花就行了呗。"

云裳说："谁知道呢！他说公司在扩张规模，到处负债。"

施施忽然想起了什么，问："你刚才说，他不碰你？不是真的吧？你们还这么年轻呢。"说着让她翻过身去，给她先开一下背。

云裳听话地翻过身去，声音因为姿势变得低沉，似乎还有些忧伤。仿佛偷偷储存的酒，被人掀开了盖子，气味散开来，藏也藏不住了。

那压低的声音，缓缓地荡开来："其实，自从生了儿子辛巴之后，我们就没有过过夫妻生活了。辛巴今年都七岁了，你说说，我这过的是什么日子？"

施施简直不敢相信，这么个大美人，天生的尤物。"不会吧？他这样简直就是暴殄天物啊。"施施觉得不可思议，终于忍不住，有点愤愤地说。

云裳接着说："我生辛巴的时候是顺产，他进去陪产了，说是被那个场面吓到了，从此一和我亲热心里就有阴影。我想着，时间久了慢慢就会好了，谁想到，结婚多年成兄弟。"

施施说："不会吧，医生不是说陪产有利于增进夫妻感情吗？我生孩子的时候，陈亮也陪产了啊，他还不是一到晚上就黏着我？"

仿佛谎言被揭去了面纱，云裳叹气："谁说不是呢？没意思，真的没意思。我都想离婚了。"

虽说施施也经常跟陈亮拌嘴，但是"**离婚**"二字可是想都没想过。听说云裳想离婚，施施还是吃惊不小，她劝云裳要冷静冷静。她知道，云裳婚后就已经不工作了，一直做着养尊处优的少奶奶。如果离婚了，她要怎么生活呢？家里的房子都是云裳老公婚前买的，公司的账目她又一概不知。如果云裳离婚了，她还能像过去一样在这里消费吗？所以，不管从哪方面来说，她都不能劝云裳离婚。

思路理清楚之后，她对云裳说："亲爱的，是不是他身体真的有什么问题呢？男人拼事业，确实承担的压力比女人大。你多关心关心他，不要冲动。也许他有什么难言之隐呢。"

云裳接着说："以前我也那么想，现在我看明白了，什么难言之隐，无非是外面有了女人……"

施施打断她："亲爱的，这话可不能乱说，没有证据，猜疑最伤害感情。"

云裳哼了一声，说："还用猜？他昨晚又一夜都没回来，电话、短信也没有，以前好歹做做样子，现在是无所顾忌了。"

施施似乎还想打圆场："会不会是喝多了，睡朋友家了……"

云裳气得坐起来："施施，你就不要再安慰我了。这么多年了，他什么情况我不清楚？"

"不说了，不说了，亲爱的。"施施起身走开。

过了一会儿，施施端了杯养生茶进来，递给云裳喝下，然后让她躺平，接着用调好的薰衣草精油在她耳根和太阳穴上点了一下，再取一些精华液在她脸上轻轻打圈按摩，说："你今天气色不太好，好好睡一觉吧。"

云裳闭着眼睛，问："你说我是继续过徒有虚名的少奶奶生活，还是找个真心爱我的人？其实有个健身教练对我很好，就是太年轻了……"

施施忽然想起某天，看见过云裳跟一个年轻小伙子从门口说笑着经过。但是她马上摇了摇头，说："亲爱的，这是件大事，你要好好想清楚。"

施施去换水，趁着间隙打开了静音的手机，发现上面有好几个未接电话。还有陈亮发来的微信信息，两个转账，金额分别是520和1314。施施把钱收了，回复道："有本事连起来发啊，分开发算什么本事？"

送走云裳之后，大姐端来了热腾腾的饺子，催着施施赶紧吃，凉了就不好吃了，仿佛她完全忘了上午被施施顶撞的事。她想起云裳的话："施施，其实我挺羡慕你的，你们家虽然经常鸡飞狗跳，但这就是生活，你们是一家人。而我和我的婆家，完全是客气的陌生人。"

刚在休息室坐下来一会儿，婆婆就发来了加加的微信视频。这个小肉球是多么可爱呀！对着镜头吃得满嘴流油，像极了小时候的自己。施施的心情一下子变得敞亮起来。

6

那天之后，云裳很久没有出现。施施照旧每周发几次信息过去跟她约时间，都没有收到回复。施施几乎要放弃她了，最后给她发的一条信息是："亲爱的，你的项目还没有做完，有空记得过来哦。"

一晃半年过去了，这半年里发生了许多事：陈亮升职当了厨师长，用存款买了一辆家用轿车，施施上班不用再去辛苦挤地铁；

大姐回了老家陪读，她的儿子明年要参加高考；店里的生意全部交给施施打理，施施开始理解管理一个店的不易。各种项目的引进、产品的把关、老客人的客勤、新客人的开发与维护、员工培训、工商税务、水电煤气无线网……样样操不完的心。她没有再节食减肥，却瘦了十斤。她开始想念有大姐在的日子，也想念云裳。

那天她刚给新员工开完早会，就听见一个熟悉又娇柔的声音度门而入："施施在吗？"

施施从房间里出来，看见云裳一身米色职业装出现在接待室。她比之前略丰满了一些，精神很好，施施走上前去拥抱了她。

"我离婚了。"云裳说。

"我猜到了。"施施说。

"我是来面试的，你看我过来上班行吗？"云裳接着说。

施施忽然鼻子一酸，说："欢迎。"

"我还想入点股份。"云裳补充说。

1

沙沙，沙沙……

深夜，春雨沙沙地下着，像幼时家中饲养的春蚕在蚕簸里吃着桑叶。

声音不大不小，刚好困扰着欲睡的安可。其实她以前很喜欢听落雨的声音，雨夜往往睡得更香。一年前丈夫洛新出事之后，她开始整夜失眠，现在慢慢好了一些，但是睡眠变得很浅，有一点动静就睡不着。她翻过来又翻过去，不知烙了多少张"煎饼"。睡在身边的女儿洛洛似乎被她频繁的翻身吵到了，睁开眼睛叫了声"妈妈"，把一只手伸到她的怀里，很快又进入梦乡。安可很羡慕孩子，不管玩得多晚，说睡觉两分钟就能睡着。

她看了看手机，已经子夜一点多了。大脑还是异常清醒，但是眼皮已经很疲倦，她感到快要撑不住了，准备起来喝一瓶安神药水。虽然医生朋友告诫她，安神的药不能多吃，可能有损神经，但是这样熬着对身体的损伤应该更大。

正要放下手机起身去拿药,手机屏幕亮了,是一条微信信息。洛新在世时有神经衰弱,有一点动静就睡不着,于是安可养成了手机静音的习惯。现在洛新不在了,她还延续着之前的生活习惯。她打开手机,发现是律师姜平发来的。姜平是洛洛幼儿园同学杨杨的爸爸,也是洛新事故处理的代理人,在为她争取权益方面出了不少力。安可因此对他充满感激,并产生了友谊。但是,也止于友谊。安可现在是一个理智的女人,她知道姜平很出色,甚至也知道姜平对她有好感,但是她还知道姜平有一对宝贝儿女,家庭美满。她不会去做那种头脑发热的女人,到头来自讨苦吃。这样的故事她看得太多,因此她总是有意识地拿捏着分寸。

"睡了吗?"

"还没,正要睡。"

"哦,我喝多了,想跟你说说话。"

"在出差?"

"嗯,在长沙。"

"快睡吧,不早了。"

安可知道,一个男人半夜三更喝醉了酒想要和她说话意味着什么。但是她不太想接这个茬,所以想打发他赶紧睡觉。

"等一下。"对方回复。

"安可,我喜欢你。"对方似乎是真醉了。作为一个训练有素的律师,他平日比安可还理智、有分寸。

安可看着手机屏幕,愣了几秒。

"我承诺对我今晚说的话负责,这话我明天酒醒了也会认。"姜平补充了一条。

《撤回》，沈帮彪 绘

"你不需要对我承诺什么。"

安可回了一条，发出去后觉得自己的语气似乎太过僵硬，她又赶紧撤回了，重新发了一条："你醉了，快睡吧。"

对方还不肯消停，接着说："其实我也没想要怎么样，我就是想要说出来，憋在心里难受。"

安可说："你现在说完了，可以去睡了。"

一年接触下来，安可对姜平的人品已有定论。姜平眉清目秀，身高一米七五不到。在安可谈恋爱的时候，她基本上不会考虑低于一米七五的男人。大学时，一个深爱着她的博士师兄就因为身高问题被她拒之门外。现在想起来确实有些幼稚。洛新也不算高，但有一米七八。逐渐成熟以后，安可对男人的审美有了改变，男人的魅力并不是靠身高来表现的。梁朝伟就只有一米七四，可是并不妨碍他是个有魅力的男人。

姜平做事认真负责，涉及专业的时候，他的眼睛总是透着光芒，让人产生依赖。总的说来，他是个顾家的男人，尤其对孩子爱如生命。她记得有一次，姜平陪她去街道处办一个手续，姜平的太太打电话来说杨杨肚子疼，姜平接了电话跟安可打了个招呼就风一样地消失了。所以安可怎么都不会去蹚这个浑水，无论姜平说什么，她都保持冷眼旁观的态度。

说来也怪，等她放下手机，折磨了她半宿的失眠，这一刻忽然间消失了。她忘了要起身拿安神药的事，很快进入了梦乡。

工作日的早上，每天都像是在打仗，七点不到就起来准备早餐，把睡得正香的洛洛从被窝里拽出来，给她穿衣、刷牙、洗脸，督促她吃早饭，根本来不及看一眼手机。虽然老师时常叮嘱孩子上了幼儿园就要让他们自己练习穿衣梳洗，但是安可试了几次，按照孩子的节奏，每天都得迟到，所以干脆就大包大揽了，只能等孩子大一点了再说。而且那天是周五，有游泳课，洛洛从醒来的那一刻开始就是崩溃的，声音哽咽地一遍遍强调，看到教练把小朋友直接往水里扔，有的小朋友喝了好几口水，不听话的小朋友还会被按着头闷水，她担心自己有一天会被教练闷死。安可听后心里"万马奔腾"，但是嘴上只能劝洛洛要勇敢一点。"呛水是每个小朋友学游泳必经的过程。而且，你知道吗？不是每个幼儿园都有这门游泳课程的，你们学校可是市里的示范幼儿园哦！"安可对洛洛说。在教室门口与她告别的时候，洛洛还在抹眼泪。杨杨从教室里走出来，伸出小手领着洛洛说："洛洛，不要哭啦，我们去那边玩积木吧。"这场景让安可心里很暖。

安可回到家的时候，发现姜平早上六点多就给她发了消息：

"以后你给我发消息的时候，不要撤回。"

安可有点莫名其妙，问："为什么？"

"你一撤回，聊天记录删不掉了。"

"你可以把所有记录都删了。"

"不能，我没有清空记录的习惯。她会问我，为什么跟美女的记录都被清空了的。"

"哦，那就有选择地删。"

"所以啊，你一撤回，我这撤回的记录没法删除了。"

"那又怎样？"

"她会问，为什么子夜一点钟还在跟美女聊天？"

"真麻烦，那以后就不聊了。"

"你别生气啊,我就是想跟你说一声。"

这场景似曾相识,女人与女人何其相似。安可倒也没生气,她一向善解人意。对方又说:"你再问我几个问题吧。"

安可问:"什么?"

"问我几个关于抚恤金的事。"

"不是早都解决了?"

"你再问几个问题吧。"

安可明白了怎么回事,一边摇头,一边说:"以后别再半夜给我发信息了,我惹不起行吗?"

2

那天是周五,安可照例去接洛洛放学,在幼儿园门口等候的时候,她看到了姜平的太太。她们在家长会上见过,也在同一个班级微信群里,甚至也加了彼此的微信,说得上是"点赞之交"。正是因为彼此之间的点赞让姜平看到了,才知道原来他们的孩子是幼儿园同班。男人一般较少在朋友圈里晒娃,或发一些家长里短的事。当了妈的女人则不一样,十条朋友圈动态有八条是关于孩子的。尤其是家庭主妇们,除了老公,孩子就是她们的事业。凭良心说,姜平的太太长得不错,眉眼周正,短发。也许是刚生完二宝的原因,身材稍微有点发福,但总的来说收拾得还是比较清爽,看得出来生活得养尊处优,不像很多生了二宝又赋闲在家的女人,一副蓬头垢面的样子。

此刻她穿着一套阿迪的黑色运动装,怀里抱着一个粉嫩的小

女孩儿,那模样像极了姜平,单眼皮,但是眼角很长,鼻梁挺挺的,很可爱。安可走过去,向姜平的太太伸出了手,说:

"杨杨妈妈,这是你家二宝吧,真可爱。能不能让我抱抱?"

被称为"杨杨妈妈"的女人转过了身子,把孩子递给了安可,说:"可惜这双眼睛不像我,居然是单眼皮。"

孩子肉嘟嘟、软萌萌的,抱在怀里,让人有说不出的怜爱。安可想到了洛洛小时候的样子,那时候丈夫健在,生活还算美满。想到这些,她心里忽然惆怅起来。

宝宝还不到一岁,但是已经认生了,她看了看安可,撇起了小嘴,撇着撇着就哭了。安可左手抱着孩子,右手从兜里拿出圆圆的蓝色门卡对着天空甩出去接回来,像丢沙包一样。宝宝马上不哭了,目光定定地看着安可手里翻飞的门卡,显然被吸引住了,一会儿竟然发出咯咯的笑声。

姜太太说:"没想到漂亮阿姨很会带孩子。"

安可把孩子还给姜太太,说:"谁说一定要双眼皮才好看呢?你看韩国明星好多都是单眼皮儿。"

正说着,学校的大门打开了。围在校门口的家长们,像泄洪的水,拥了进去。保安大叔在一旁叫着:"大家不要挤,小班的先进,请把接送牌挂在胸前。"安可扶着姜平的太太,说:"杨杨妈妈,咱们慢点进,别挤着小宝。"

学校离小区不到两千米,今天她俩都没开车,天气不错,她俩接了孩子后一并散步回去。路上安可几次伸手帮忙抱小宝,两个女人之间就有了友谊。安可说,孩子读了幼儿园才知道,原来姜律就是杨杨爸爸。姜太太说:"你们认识啊?你不说,我还真不知道。这个姜平啊，工作上的事从来不跟我说。"

安可就有点后悔，她不知道姜太太不知道这事。于是她适时打住了，只说了一句"姜律声名在外啦"，也就没有再多说什么。姜太太竟然也没有追问他们是怎么认识的，也许她想当然地以为，在家长群和业主群里，大家经常以"姜律"称呼姜平，这也没什么奇怪。也或许是，沉浸在幸福中的女人是比较迟钝的。她自顾自地接着说："我们是高中同学，双方父母又是世交，我对他太了解了，也相信他的能力，所以他工作上的事，我从不过问。对待男人嘛，就像放风筝，只要他把赚的钱都交给你，就大可放长了线让他飞。"言语之间有一种底气十足的气度，安可连连点头附和。两个人一边聊天一边走路，走得就有些慢，转身一看身边孩子没了，只见洛洛和杨杨两个孩子已经手拉手跑到了前面的小区门口等着。杨杨把两只手放在嘴边做喇叭状，夸张而大声地喊着："妈妈、洛洛妈妈，你们快一点。"

说来也有意思，在幼儿园以及家长群，家长们彼此不再需要姓名，直接以某某爸爸某某妈妈代替。甚至互相加了微信的家长，备注名都是某某妈妈某某爸爸，不然怕弄不清谁是谁。小朋友见了同学家长也是某某妈妈某某爸爸这样叫。安可记得自己给姜平太太的微信名备注的是杨杨妈妈，她相信自己在对方的手机里应该也是一样的。

在姜平家的小区门口，两个女人互道再见，约定找个时间带孩子一起出去玩，亲热得像一对相交已久的老朋友。安可领着孩子继续往自己小区走，推开家门，屁股刚落座，就收到姜平的微信："安可，我回上海了。我就快到你小区门口了，能不能去看看你?"安可看了一下信息,想了想刚才的场景,忽然就有了歉疚感。于是安可回了一条:"你好好过自己的日子吧!没什么重要的事别再给我发信息了。"

吃完晚饭的时候,姜平的太太发来信息:"洛洛妈妈,明天早饭后带洛洛一起去世纪公园玩吧。也不用太早,十点左右在七号门口集合。中午就在外面吃。"

安可本能地想要拒绝。杨杨妈妈接着又发了一条信息:"杨杨说想跟洛洛一起放风筝,一定要来啊。你们什么都不用带,吃的喝的玩的我都让阿姨准备好了。"

安可忽然觉得再拒绝有点不近人情,只好回复了一个"好"字。

3

安可早该想到姜平会一起来。她没有想到的是,姜平可以做得这么得体,滴水不漏。他大大方方地和安可打招呼,恍若第一次见面,然后就自告奋勇地带着洛洛和杨杨在一处开阔的草地上放风筝。两个小朋友高兴得像两只小鸟,眼看着也要跟着风筝飞起来。安可望着姜平在草地上来回奔跑的身影,心情复杂。她更没想到,姜平的太太对她说的第一句话是:"洛洛爸爸呢?怎么没一起来?"

安可就明白了,姜平是真的什么都没有跟她说过。这似乎也是在大城市生活的好处,每个人对别人的处境自动保持着合适的距离,哪怕是居住在对面的邻居,只要你不想说,根本不会有人关心你的前世今生。她想起不久前，楼上有一位老人得了抑郁症，从十楼的窗户跳下而亡。小区里来来往往的人都看见了，警察在地面拉起了警戒线，业主群里竟然没有一个人谈论此事。有一个人发了一张照片，马上被群主阻止了，说："这种事就不要发出来了，会影响小区的房价。撤回吧。"那个人就真的撤回了，之后就再也没有人提及此事。

"哦，他出差了。"安可说道。

她有点惊讶自己这样淡定地说了谎。但是细想一下，这也无可非议。这本来就是她家的私事，没有必要告诉一个不相干的人。何况，就算是为了洛洛，如果洛洛的同学知道洛洛失去了爸爸，很难保证不会歧视她。多一事不如少一事。她想起班里另外一个叫 Tony 的小朋友，她有一次无意中问了他一句"你爸爸呢？"，小朋友马上抗拒而紧张地说："啊，你不要问我这个问题。"差点就哭了。她当时就明白了，那个 Tony 的爸爸肯定也有不为人知的秘密，也许是跟妈妈离婚了，也许是不在了，也许是……总之，不方便透露。但是 Tony 的妈妈看起来一副雷厉风行的女强人模样，妈妈们在一起聊天吐槽的时候，她每次都兴致勃勃地对孩子爸爸的缺点挑剔得煞有介事。那些编织的谎话中，透着一个单亲妈妈对孩子的爱与呵护。还好，洛新去世的时候，洛洛在外婆家，她一直以为爸爸出差了。安可告诉她，爸爸是去执行一个秘密任务，那个地方偏远而神秘，没有电话和网络，等洛洛长大了，他就会回来。洛洛毕竟还是个三四岁的孩子，她居然也没有怀疑过。安可不定期模仿丈夫的口吻给洛洛写信，通过邮局寄回家中的信箱。她每次郑重其事地给洛洛读爸爸的来信，读着读着，差点连自己都信了。她不确定,在这个世界上,还有多少单亲妈妈在做着类似的事情。但是,她相信一定不止她一个。

姜平家的阿姨带了一大包食物来,在地垫上安置好,然后把姜平家的二宝从女主人手里抱走。姜平的太太舒了一口气,说阿姨来了,她就解放了。说到生二宝的辛苦、养孩子的不易,忽然就扯到了学区房。

"洛洛小学准备去哪里读呢?"姜平的太太问。

"就读我们小区对应的学区呗。"安可说。

"你是说汤小吗?听说以前是菜小来着。"

"听说现在换了一个很厉害的校长。再说,不好也没办法了。"

"你没给孩子买个学区房吗?"

"我们限购了。置换又太烦了,而且住惯了大房子,接受不了城里的老破小。"安可摊摊手,表示很无奈。

"笨啊,可以假离婚啊。不瞒你说,我们也限购了,但是我们办了假离婚,买了一套小的,只是挂户口用,对口的是明珠小学。"

"厉害啊,明珠小学可是名校。"

"你们也可以啊,办个假离婚很方便的。不瞒你说,我们生完二宝办的手续,到现在还没复婚呢,现在属于非法同居。"姜太太说完,哈哈大笑。

安可也跟着笑,过了一会儿才小心翼翼地问:"对了,既然房子都买好了,怎么还不复婚呢?"

"哪能那么随随便便就复婚了?我得让他重新追我一回。"姜太太拢了拢头发,说,"现在两套大房子在我名下,一套小房子在他名下。得让他求求我。"说完又哈哈大笑,"你没听人家说吗?上海的夫妻结婚或离婚不亚于上市公司资产重组。这可是一件大事。"

安可说:"上海的房子确实太贵了。还好我们家房子买得早,不然现在还真买不起。"

"哦,你家洛洛爸爸是做什么的?"姜太太问。

"搞科研的,天体物理学。"安可看着远方飞翔的风筝和放风筝的人,云淡风轻地说。

"哇,是科学家呀。杨杨可崇拜科学家了。"

安可叹口气,说:"还是律师好啊,科学家现在不吃香。看看你们,都在这寸土寸金的大上海买了三套房。"

姜太太嘴里客气着:"没有没有,我们这只能算温饱,有钱的话早买独栋了。"但是看得出来还是很得意。

洛洛和杨杨两个孩子一头汗地出现在两个女人面前。杨杨从袋子里拿出一瓶酸奶给洛洛,自己又拿了一瓶。这细微的动作,让安可很感动,她说:"杨杨可真是有爱心呢,自己没喝,就先拿一瓶给洛洛。"

"那是杨杨喜欢洛洛,他跟妹妹有时还争玩具呢。"姜平忽然一阵风一样来到他们面前。

"洛洛这么漂亮可爱,以后你家的门槛要被踏破了,我们杨杨先拿个号排队。"姜太太笑吟吟地看着洛洛说。

安可在一旁只是笑。阿姨把孩子交给姜太太,拿出打包的肯德基全家桶。两个孩子又欢呼起来。杨杨先拿了一块鸡翅给洛洛。姜太太对着姜平忽然发起嗲来:"姜平,你也跟着儿子学学。"

姜平把一份鸡肉汉堡递给了安可，一份鸭肉卷递给了姜太太。姜太太对这个次序似乎有点不满，白了姜平一眼。姜平马上双手捧上一瓶果汁，姿势夸张像在进贡。姜太太接过果汁，娇嗔地打了他一下。安可别过脸去，一阵风逆向吹来，长发遮住了她的半边脸。

夕阳西下，公园里的游人开始陆续撤退，喧嚣了一天的公园逐渐安静下来。小宝已经在阿姨的怀里睡着了，杨杨爬上了姜平的背，洛洛亦伸手要妈妈抱。姜平的太太在给家里的司机打电话。

"开车来的吗？"姜平问。

"没有，打车来的。车子送去保养了。"

"一会坐我们的车，让司机多走几步。这里不好打车。"姜平说。

出了公园，司机开着一辆白色商务车在一旁等候。司机把安可和洛洛送到了楼下。安可下车就收到姜平的信息："司机比我幸福。"

4

周一早上送完洛洛，安可给茶馆的员工打了电话，交代了一下工作，并叮嘱他们给自己留一个包间。

安可到的时候，姜平已经坐在包间里，落地窗帘被放了下来，房间里点着香薰灯，让人恍若置身夜间。茶馆环境幽雅，从选址到设计和装修，这里的每一件摆设都是安可精挑细选的。她记得当时还跟丈夫吵了一架，丈夫不赞同开茶馆，希望她专心在家相夫教子。没有想到，丈夫出了事之后，这间茶馆不仅成了安可的收入来源，还成了安可的精神寄托。她经常在这里一坐就是大半天。

"原来这是你开的茶馆，怪不得这么有品位，以后我要常来。"姜平坏坏地笑。

"你还可以考虑入个股，成为股东。"安可面无表情地说。

"真的可以？那我可真入了。"姜平认真地说。

服务员敲门而入，送上泡好的金骏眉，说了一声："二位请慢用。"转身离去。

"你怎么知道我爱喝金骏眉？真是懂我。"姜平见缝插针。

"说真的，以后没事别再给我发信息了，尤其是不要说那些乱七八糟的话。我们就保持君子之交，行吗？你搞得我面对杨杨妈妈的时候压力很大。"安可把一杯茶递给姜平，语气沉重地说。

姜平左手接过茶杯放下，右手一把握住安可的手，捧在唇边亲了一下，说："其实你心里也有我，对不对？"

"说这些没有意义。你的家庭离不开你，而我也不想背负道德压力，我们今天就把话说清楚，你以后别再撩我了。"安可一把甩开姜平的手。

"其实我和她已经离婚了。而且我对她早就已经没有爱了，只有亲情。我可以把房子和钱都给她，只要你接受我。"

"所有的爱情到最后都会变成亲情。"

"安可，我爱你。我每天都想着你。我越来越觉得你是我最想爱的人。我和她，当初也许是有爱的吧。但是，我不知道她怎么就越来越不是我心目中的样子，一天到晚除了孩子和房价，再也没有一个可以让人耳目一新的话题……"

"你真的放得下两个孩子吗?"安可打断他。

姜平低头不语。

"所以,不要再说这些没有意义的话了。"安可站了起来,起身想走,却被姜平一把抱在怀里。安可一边挣脱一边说:"这外面可都是我的人,你可别乱来。"

姜平一言不发,只把她紧紧箍在怀里,安可越是挣扎,他箍得越紧。安可没有想到,姜平竟然会有那么大的力气,她终于依在姜平怀里不动了。失去丈夫一年来,她第一次重新这样近距离感受一个男人的气息。姜平不抽烟,没有烟臭味。头发上有淡淡的乳木果的香味,是她喜欢的味道。她觉得这一年来实在过得又困又乏,她甚至想这样静静地在他怀里睡一觉。她听见自己的心脏怦怦直跳,像密集敲打的鼓点。

姜平看她安静下来,就俯下头去吻她。安可把脸别过去,想躲避他,但是姜平很执着,安可终于还是放弃了。也许是太久没有爱情的滋润,安可像一块干涸了很久的土地,突遇甘霖。她的大脑蒙蒙的,天塌下来就塌下来吧。在那一刻,她不想管,也管不了了。她想起了大学时恋爱的日子,宿舍里永远有不断的鲜花,宿舍楼下总是有一个男生在等她,那时候她的生活瑰丽而多彩。后来时移世易,毕业、分手、辗转上海、遇见洛新、结婚生子,生活变得越来越单调,直到后面变成了灰白色……

5

安可觉得自己很失败，本来是想了结一件事，结果把事情弄得更复杂了。理智和情感交织在一起，有时情感占上风，有时理智占上风。她感到自己快要疯了。

然而有人比她先疯了。

安可在业主群里看到转载的八卦新闻，还配有图片和视频。

"听说隔壁小区的一对夫妻假离婚买房，现在弄假成真了。男的不愿意复婚，女的抱着孩子要跳楼。"

"为什么会弄假成真？男的怕是外面有人了吧？"

邻居们对这种八卦充满了兴趣。安可一眼看出视频里站在七楼的人是姜平的太太，姜太太手里还抱着二宝。楼下已经围起了警戒线和气垫，警察在下面喊话，让她不要冲动。

安可觉得自己就像一个屡错屡犯的刽子手，不可饶恕。

一年前，洛洛闹着要去外婆家玩两天，安可送完洛洛独自从娘家回来，发现厕所里正在振动的丈夫的手机，原来洛新早上出门的时候把手机落在了家里。她顺手接通了电话，是一个女人的声音。是女人的声音并不奇怪，奇怪的是，这个女人第一句话说的是："亲爱的，你到了吗？"

在这之前，安可刚跟洛新吵过架，为了请保姆的事。安可觉得自己一个人带孩子，还要打理茶馆，确实太操心，想请个阿姨帮忙，没想到遭到了洛新的强烈反对。洛新说她是资产阶级思想，老想着让人伺候。自己的母亲都七十岁了，还在老家帮大哥做饭看孩子，你年纪轻轻带个孩子怎么就不行了？茶馆有职业经理人打理，你才操多少心？你知道保姆一个月六千块是什么概念吗？相当于我父母老两口一个月的退休金之和。这么奢侈你心里能安吗？说得安可心里拔凉拔凉的，她觉得洛新根本不爱自己，根本不体谅女人带孩子的辛苦。结合这个电话，事情就一目了然了。洛新心思根本不在自己身上，又怎么会体谅她的辛苦呢？难怪，难怪。

安可当时脑子嗡的一声，然后就炸了，问："我是他老婆，你是谁？你叫谁亲爱的？"

这个从来不查丈夫手机的女人，这个时候再也绷不住了。她用洛洛的生日试出了手机密码，成功解锁了手机，然后像个侦探一样，把洛新的手机从里到外翻了个遍，连点赞、评论都没漏过，最终在微信里找到了对应手机通讯录的女人。记录里只有几条简单客气的问候语，还有一些发生在深夜的撤回记录。安可以一个女人的敏感，觉得已经不需多问。她在洛新进门的那一刻，就发疯似的跟他大吵大闹，把结婚这些年所受的委屈全部发泄了出来。丈夫故作镇定的神情使她备受屈辱，她把家里砸得满地都是碎片，把洛新骂了个狗血淋头。洛新说她是无理取闹，自己还赶着出差，取了手机就匆匆下楼。安可追到楼下，洛新说是单位的小姑娘喜欢开玩笑，逮谁都是"亲爱的"乱叫。"亲爱的"三个字现在已经不是情侣语言了，而是一种社交语言。安可哪里听得进去？"你当我三岁小孩呢？我这辈子最大的错误就是选择了你。我真是脑子进水挑花眼了我。不能过，咱就离，这日子我也受够了。"她像着了魔一样，情绪完全不受自己控制。她一路追赶着，要跟他说清楚。丈夫一边回头解释，一边赶路，说要跟同事会合，再晚就要迟到了。在小区门口，他后退的身体与一辆呼啸而过的土方车狭路相逢。等到安可回过神来，一切都来不及了……

  安可拨通了姜平的电话，说："姜平你听着，我不管你是因为什么原因离婚，我们之间都不可能。如果杨杨妈妈和孩子出了事，你就是陷我于不仁不义，我永远不会原谅你。"

  安可挂了电话就把手机关了，抽出了 SIM 卡，把它扔进马桶，按下按钮，看着它随着旋转的旋涡冲进了下水道。

  一口气跑到隔壁小区警戒线的边缘，安可看到七楼的露台上，姜平太太抱着孩子扑在姜平的怀中。几个警察在驱赶着身边的人群："没事了，没事了，都散了吧。"

  回来的路上，她注意到小区里的木兰花开得正盛，像一只只白鹤。

不诉离殇

1

我跟春生已经三个月没有见过了,没想到我们会在水果摊旁偶遇。他仍旧穿着去年我给他买的那条蓝色牛仔裤和白色的短袖衬衫。他主动走过来跟我打招呼,这是他一贯的做法,我俩在一起五年了,什么都是他主动。我这才知道,自从分手之后,他就搬到了距离我的住处仅一千米的地方。我更没有想到,他跟我说的第一句话是:"我明天要搬家了。"

我提出去他的住所看看,他同意了。我跟在他的身后,看着他拐进与我的住处仅横隔着两条马路的小区。走过一条又一条幽僻的小道,到了他居住的地方。那是一个小小的暗间,应该是房东临时隔出来的,里面光线很暗,空间逼仄,只放得下一张单人床、一张单人书桌。

"怎么这么小?"我皱了一下眉头。

"便宜啊!再说了,要那么大干什么?就晚上回来睡个觉。"他不以为然地说。

"新住处怎么样？明天我来帮你搬家吧？"我关切地问。

他犹豫了一下，说："要早起，你起得来吗？"

我说："没问题。"

他让我先坐着，他去跟房东借菜刀切西瓜。他切西瓜的方式跟一般人不同：把西瓜一切两半，而后把其中的一半扣在一个盘子里，像除草一样，从上到下，细细切去每一块皮，直到瓜皮被剥得光光的，只余下红色的果肉。然后他再用刀子横竖划上几条格子，最后用一个叉子，叉起一块西瓜送到我手上。

他还像从前一样对我，就像这几个月什么都没有发生。然而发生的事情是无法改变的。

"对了，我有女朋友了。"他忽然对我说。

"哦，是那个秘书吗？"我漫不经心地问。

"是的，她很早就喜欢我，一直对我很好。"他有点不好意思。

"哦，你喜欢她吗？"我看着他的眼睛。

他把脸转过去，避开我的目光，说："她人很好，能吃苦，每天帮我打饭，把买好的零食放到我的办公桌上。"

"挺好的，你们在同一个公司，又是同一个部门，即使加班，也像是在约会。"我调侃道。

"我知道你是怪我加班太多，对你关心太少。但这是公司的习惯，我也没办法。"他似乎有点委屈。

我站起身来，说："天黑得好快，我要回去了。"他送我到小区门口，忽然叫住我，说："阿离，我想过了，我是养不起你的。我也想好了，以后再也不会找长得漂亮的女孩做女朋友。"说完，他就跑开了，像是在跟谁赌气。

《不诉离殇》，沈帮彪 绘

我冲着他的背影喊了一声:"明早八点见。"

2

我有一个完美男友,周围所有人都这么说。

阳光、俊朗、学霸、热情、善良、细心,这些优点像标签一样贴在他身上,贴在每一个认识他的人的嘴里。最重要的是,他很爱我。第一次见他,是在梁师姐的生日聚会上。在此之前,梁师姐已经多次向我提及他,并有意撮合我们。他是梁师姐研究生班的班长,与梁师姐关系甚好。如果不是梁师姐已经有了男朋友,以她对他的盛赞,我都怀疑梁师姐喜欢他。

"这就是传说中的春生,我们自动化学院的保留王子。"梁师姐指着他,笑吟吟地向我介绍。

我伸出右手:"我从小就仰慕学霸,今日得见,果然不同凡响。"

"这是我的师妹阿离,正准备考研。以后辅导她的任务就交给你了。"梁师姐冲春生使了一下眼色。

梁师姐要求每人点一道菜。我点的一道蕨根粉,因为放多了醋,口感实在不敢恭维,在每人尝试了一小口之后,就惨遭遗弃,没有人愿意再来一口。在其他菜都被光盘之后,它依然静静地保持着刚上桌时的样子,显得格外碍眼。我叹了口气:"唉,我点的菜不受欢迎。"

忽然,春生站了起来,把那盘蕨根粉端到了自己面前,说:"怎么会不受欢迎?我都没舍得吃。既然你们都吃饱了,剩下的都归我了。"说完，三下五除二，风卷残云般，把一盘蕨根粉吃得干干净净。他边吃边说："太好吃了，真是人间美味。"却难以掩饰他满脸被醋酸到的神情，一桌人哄堂大笑。我也知晓了春生的心意。

其实我当时是有些自卑的。我父母并不支持我考研，四年的大学费用，已经使得他们捉襟见肘。他们希望我能够早日毕业，找一份好工作，帮助养家。他们不知道，当时所学为冷门专业的我，在没有关系和背景的大城市，想找到一份他们口里的好工作，并不是那么容易的事。可是这些话，我不能告诉他们。我不忍心他们在四年的艰难维持之后，换来深深的失望。我只能偷偷地跨专业考研，先斩后奏，并且保证，即使读了研究生，也要自食其力，不会再向父母伸手。春生的出现，就像我生命中的及时雨。

春生家在江浙富庶之地，虽然不算大富大贵，但也是小康之家。春生学习成绩优异，年年拿特等奖学金。除此之外，他还参与导师的多项科研课题，都是带薪项目。

"他供你读研完全没问题。"梁师姐很认真地跟我说。

我极力反对："那不可以的。我找男朋友也不是为了找一张饭票。"

"难道他配不上你？这学历，这长相，这人品。"

"配得上。"我说道，"但是我也不想高攀。"

"不会高攀，你那么漂亮，让他养你是给他机会，多少人想养你还排不上队呢，你要对自己有信心。"师姐言之凿凿。

其实，我不觉得春生很帅。严格来说，他的长相并不是我特别喜欢的类型。虽然也算清秀，但是嘴巴太小，显得不够大气。

他喜欢运动，小腿肌肉发达，身材看起来不是那么匀称。而我喜欢男生高高瘦瘦的。

"你太挑剔。"师姐批评我道，"我们班所有女生都觉得春生特别帅，你看他的眼睛，多深邃、迷人。"

"那你们为什么不跟他好？"

因为我已经有男朋友了。我们是革命战友，是兄弟姐妹。

"春生真的很优秀。阿离，你要抓住这个机会，生活很现实。"师姐意味深长地跟我说。

梁师姐的生日聚会之后，我的身边便有了春生的身影。他帮我打水、替我拎包、陪我上自习，甚至连我的床单被罩，他每周都帮我拿到研究生宿舍洗完晾干。他简直是我的后勤部部长，让我只管埋头复习。

一日，我跟春生在外面吃饭，落了钱包。待回头去寻，哪里还有踪迹？钱包里几乎是我全部的家当，我着急得快要掉下眼泪。春生说："你别急，我一定会帮你找回来。"当晚，春生就像变戏法一样，送了我一个几乎一模一样的钱包，钱包装得鼓鼓的。打开一看，除了一些现钞，还有一张农行的存折。

"密码是你的生日。"春生望着我，深情地说。我几番推辞，春生却紧紧按住我的手，说："阿离，只要我有饭吃，就不会让你饿着。"

也许是出于感激，我亲了他一下。他竟差点哭了，说："这是我的初吻。"我笑弯了腰。

考研那天，西安城大雪纷飞。我从考场出来，一眼就见到春生，他一手拎着保温饭盒，一手撑着伞，站在雪里，笔直笔直的，像一棵雪松。我跑到他跟前，有些沮丧地说："完了，我有些很熟的题目却答错了。"春生却转移话题说："考完了就别再想了，你尽力就好。就算考不上，我也娶你。"我听了只觉得鼻子酸酸的。

来年四月，我因英语成绩绝缘于交大。就在绝望之时，我接到了南方一所重点高校的面试通知单。春生鞍前马后，陪我前往，给予满满的鼓励。我顺利通过复试，被正式录取，成为该校管理学院一名研究生。

欢喜之余，是淡淡的忧愁。8000元的学费，对于当时的我们来说，无异于一笔巨款。春生固然能干，亦只是一名在读研究生。

看到我忧愁的样子，春生说："没事，有我在。"春生开始四处打电话，跟他那些已经毕业工作了的大学同学借钱。他的大学同学，彼时也都刚步入社会两年，都是公司的小职员，拿着刚刚可以饱腹的薪水，生活并不是那么容易。我看到春生满怀希望地拨打一个又一个号码，又失望地挂掉一个又一个电话。我不由得面露焦虑。

"没事，"他抚摸着我的头发，"实在不行，我还可以求助我的父母。"春生缓缓地说，"我本来是不想父母知道，怕他们看轻你。"

忽然，他一拍脑袋："我想起来了！我还有一个女同学没有问。她大学毕业嫁给了一个清华高才生，在上海工作，据说收入很高，她肯定有钱。"春生马上拨通她的电话，简单地寒暄之后，就直奔主题。没想到这个女同学很给力，直接让春生把银行卡号发过去。

挂了电话，春生兴奋得满脸通红。我心里的一块石头也落了地。

"只是，春生，你对我这样好，我该怎么报答你？"

"傻瓜，说什么报答？就算将来你不跟我在一起，我也不后悔今天为你所做的一切。"

"春生，你给我的，我都记着了。以后等我工作了，我会还你的。"我认真地说。

春生却不高兴了，说："阿离，你是我的女朋友，我的就是你的。"

3

九月，我挥别春生，远赴千里之外。火车站台上，留下他执着移动的身影。我别过脸去，不忍回头看。

离开春生，除了有些不舍，我竟然还长舒了一口气，就像被久圈在笼中的小鸟，再一次飞翔在蓝天。许是春生平日对我的照顾太过无微不至，让我有点喘不过气来，觉得自己快成为一个废人。现在，我终于可以重新独立地面对外面的世界，心中掠过一丝喜悦。

来到广州，我开始了严肃、紧张、活泼的研究生生活。我的硕士导师是学院的院长及学科带头人。导师给我安排了一些项目，从而解决了我的吃饭问题。不仅如此，还能略有盈余。我把节省下来的钱在一些重大节日里寄给了我的父母。这种独立的感觉很好，虽然是依托于导师的庇佑，但让我有了挺直腰杆的勇气。

那年国庆，春生因为忙于导师的项目，未能来广州看我。我们每日打电话、发短信,以慰相思。对广州熟悉了一段时间以后,我身边开始有男同学环绕,他们很快知道我有一个优秀的男朋友,并知难而退。

读研的第一个春节,春生正式邀请我去他的家乡过年,并且说,他已经把我们的情况告诉了父母,他父母看了照片,对我非常满意。我心中又期待又紧张。我们相约直接在余姚火车站碰头。

我带着满腔的期待走出余姚火车站。彼时,我与春生已经有半年没有见过面,春生和他的父亲开车来接我。望见春生的刹那,我竟有种想逃的感觉。春生也是刚回来,顶着一头尚未来得及清洗的油腻腻的头发,把他本来就略显小巧的脑袋显得更小。而他穿着棉毛裤和牛仔裤的腿,在这个冬天显得异常粗壮,整个人看起来有些不协调。梁师姐说我是外貌协会的,对于男人的外表审美有着近乎苛刻的标准。失望瞬间袭来,冲走了半年来的所有思念和期待。我心中竟有一丝后悔。

春生显然是高兴的,他看我的眼神,一如既往地充满着爱意和关切。他接过我手里的行李箱,右手很自然地环过我的腰。我觉得浑身都不对劲儿,很想躲开,可是又不忍坏了气氛,只好忍着。春生的父亲,有着典型的南方人的清秀和精明,他慈爱地看着我,一路上都是笑吟吟的。我如坐针毡。

春生家是一座独栋小院,两层小洋楼。这里的民居大都是这样的居所,房子的结构大同小异,院子里大都停着一两辆私家车,比起我的家乡,的确是富庶的。

春生带我去看他的爷爷奶奶,两位老人一见面就对我表示出极大的善意。尤其是奶奶,一直握着我的手,嘘寒问暖,关怀备至，让我受宠若惊。奶奶说："这孩子，长得真好看。以后，春生要是敢欺负你，你就告诉我，奶奶为你做主。"

春生终于洗了头发，换上一套清爽些的衣服，看起来顺眼许多。我心中稍稍有了些安慰。春生毕竟是不丑的。然而，半年时间不长不短，我却总觉得有什么地方不对劲。

这里的风俗，过年就是亲戚之间轮流做东吃流水席。每家轮一天，吃完饭打牌。春生的屁股就像被钉在了板凳上一样，每天陪着七大姑八大姨打一圈又一圈。我对牌局麻将一窍不通，小时候父亲不让碰，说这些都是害人的东西，以至于我如今连麻将都认不全。春生一家人却精于此道。人生地不熟的，我也没什么地方好去，就坐在春生身边，看他们打牌。起初，大家对于我这个外地女友有着新鲜感，难免没话找话跟我寒暄一番，我还不至于太无聊。后面他们沉溺于牌场，我就完全被无视了。我与春生半年未见，而春生就这样对我不闻不问，这跟他以前在学校待我的情景完全是天壤之别。我闷闷不乐，想让春生陪我出门洗头发，春生却说："就在家洗洗好了，外面现在都在放假，店里没有人的。"我去找洗发水，发现没有护发素。我让春生帮我去买护发素，春生却一口拒绝了我："你就凑合洗一下吧，我们平时都不用护发素的。"

春生一句不经意的话，引发我对我们关系的强烈危机感。我们的人生才刚刚开始，难道从此就要开始"凑合"了？那不是我想要的生活。我更恼的是春生对我的无视和不耐烦。我跟春生大吵了一架，收拾东西就要走人。春生的父母及爷爷奶奶把春生狠狠地批了一顿，他乖乖跑去买了护发素回来，并且跟我诚挚地道歉。我一个人在异乡，到底是有些心虚的。我也适时地找个台阶下了。然而这件事情给我留下了阴影。春生，也许并不如他说的那样爱我。也或许，人对于自己已经到手的，便不会再去重视。而我之于春生，在他看来，已然是煮熟的鸭子了。

在寒假的最后一周，母亲打电话来让我带春生回去给他们看看。我彼时内心其实是纠结的，然而又不想让父母担心有什么变故。毕竟，在过去的一两年里，我的父母已经从我的口中了解到，我有一个对我千依百顺的学霸男友。春生也已经在许多个节日里给他们打过问候电话。自己挖的坑，再难也要把它填上。我硬着头皮，带着春生去了我的家乡。说来也是奇怪，春生只要一离开他父母的家，便马上又恢复了以前在学校时的样子，彬彬有礼、大方热情、耐心体贴。他给我的父母家人都精心准备了礼物，我的父母见了春生，赞不绝口。

我们带着父母的祝福，踏上了各自的返程之路。临行前，父母拉着春生的手说："我们对你没意见，你们可以一毕业就结婚。"

想想有点可怕，只相处几天，就可以把养育二十多年的女儿，托付给一个并不了解的男人。我的父母终究是老实人。也或许是他们过于相信女儿的眼光，他们想要托付的，是女儿口中的那个完美男友。

时间是一个过滤器，让人只记住那些美好的、值得想念的。千里之隔的距离，让春生与我之间，很快就恢复到以前在学校时的状态。距离产生美、思念以及宽容。

4

我读研的第二年，春生毕业了，去了深圳一家著名的以加班著称的集团公司。我们虽然近在咫尺，却也难得见上一面。为了表示诚意，春生主动将他的工资卡交给我保管。"我工作太忙，你要是无聊就去逛街，想买什么，你就刷我的卡。"他认真地说。

我以为这是他的心里话，就照做了。以至于后来有些时候，春生埋怨我"如果不是你这么大手大脚花钱，我们早就买房买车了"，我竟无言以对，虽然我觉得他的收入即使全部存起来也不够买房买车。

看来，男人的话并不能全信。

在春生第三次埋怨我的时候，我默默地把他的工资卡塞回他的手中，他也没有拒绝。好在，我终于毕业了。

在春生的强烈要求下，我放弃了去一所大学任教的机会，将工作地选择在上海，春生也将工作调到了上海。

我进入了一家影视广告公司工作，我的领导是一个矮矮的小老头，非常自以为是。他经常对我说："阿离，你要是跟我在一起工作久了，就再也看不上别的男人了。"我问为什么，他说："因为你跟最优秀的人待久了，会受到感染。"这是一家男女关系极其混乱的公司，公司里稍微年轻漂亮点的女生多和公司的领导有着不清不楚的关系。我得知这一切，便想尽快跳出这个泥潭。

刚巧此时，春生的父亲通过亲戚关系，帮我物色了一个家族集团公司，让我前去面试。春生陪我前去，面试很顺利。我从 8 月

23 日开始，正式入职。

我的顶头上司，是公司的副总，一个完美主义者。他经常因为类似打印的材料订得不整齐这样的小事，而将我骂得狗血淋头。刚毕业的我还不懂得妥协和退让，自诩学历高，便对他的批评不置可否。我的领导见我如此冥顽不化，就打电话把春生叫来，当着春生的面，对我进行批评教育。没想到，春生却说："黄总，阿离就是这种性格，你看这份工作她要是能做就让她做，不能做的话，也不要勉强。"

黄总本来是想给我点颜色看看，没想到春生却这样护着我。我心里对春生充满了感激，还有点骄傲，以及一种被宠爱的幸福。

而此时，黄总手下的这块业务已经被我全部接管，除此之外，我还负责其他好几个部门的工作。黄总对我固然挑剔，但还是很依赖我。从那以后，黄总克制了很多，再也没有给春生打电话告状。我们依然偶尔会争吵，他骂我，我照旧摔桌子辞职，他晚上就打电话给我道歉："阿离，我脾气不好，有时忍不住发火说你两句，你不要往心里去。"这成为我俩独特的相处模式。据说，我是公司头一个敢顶撞黄总的人。我渐渐适应了这份工作，但是心中多有不甘。我耐下心来，只是为日后的跳槽积累更多的资本。我深知，这里绝非我的久留之地。

那天，天空湛蓝湛蓝的，看不出来暴雨将至。春生带我出去吃饭。吃完饭，我去他的宿舍坐了一会儿，他接了个电话就匆匆出去了，让我坐在房间里等他。

他的电脑没有设置屏保，QQ 图标一闪一闪的，让我忍不住一阵好奇。我跟春生相识以来，我们从来不查看对方的手机和 QQ。

这时有一个女孩头像一直在闪烁，我忍不住点开了。还好，只是简单的问候，我笑自己多疑。这时另外一个男孩头像在不停地闪，我一看备注，是他的大学同学阿明。阿明是他的铁哥们，我很好奇他们俩之间会聊些什么，于是我点开了长长的聊天记录。

大意是阿明问他，现在跟我怎么样，打算什么时候结婚，以及我的家境如何，能不能帮忙在上海买房之类的。

春生的回复充满了牢骚，满屏的"屁啊，她家穷得要死。好坏也就这样了。结婚呗，反正到了年纪都是要结婚的"，看不到一个身处恋爱中的人的幸福，却尽是一个男人的无奈。我看完只觉得脊背发凉。

春生回来了，我装作什么都不知道。

春生说："阿离，我们结婚吧。我爸妈帮我们把日子都看好了，今年的 12 月 12 日。你觉得怎么样？"

如果这就算求婚，显然离我的心理预期是有差距的。

我低着头不说话。

春生说："你不愿意？"

"我就是觉得，我才刚毕业，工作还没稳定，我想再闯一闯，等有点事业基础再说。"

"你这都是借口。"春生显然生气了。或许，在他看来，娶我应该如同探囊取物，容不得我有一点点迟疑。

"春生，你有没有想过，你是不是真的那么爱我？如果真的要求婚，你是不是应该先给我买个戒指？"

"你不就是想要钻戒吗？你就是个爱慕虚荣的女人。"

我忽然委屈得想掉眼泪。

我夺门而出，外面暴雨如注，我在雨里狂奔。

没过几天，春生却来找我了："阿离，是我不对。我陪你去买戒指。"他到底还是在乎我的。

刚好我母亲来了上海，我们一起去了巴黎春天。春生恨不得挑最小最素的戒指给我，而频频拒绝服务生拿来的那些精美的镶钻的戒指。我拗不过服务生的热情，只是想试试。当服务生把一枚一克拉的钻戒戴在我的手指上时，春生铁青着脸，离开了柜台。

我母亲看到此景，拉着我往外走，说："春生怎么这么小家子气？我看这婚你得重新考虑一下结不结。"

此后，春生打来电话，我拒接了。我发给他一条短信："我们先分开一段时间吧。"

大概三个月后，春生打电话，说公司里有个女孩子喜欢他，问我的意见。我回复："如果感觉不错的话，你可以去试试跟她交往。"

5

第二天早上是周日，晴天。我七点就起来了，梳洗一番，穿了一条最新的连衣裙，长发束成马尾，化了个淡妆。我对着镜子看了半天，对自己的外表还是颇有自信的。老实说，我并不觉得春生会真的离开我。

自从六年前在一次聚会上相识，他每天给我打电话，一打就打了这么多年。记得刚开始的日子，我走路下楼梯，他都要搀扶着我，说担心我穿高跟鞋摔跤。他像呵护女儿一样呵护我。我们一起经历考研、读研、异地恋，历尽千辛万苦来到上海。他总是加班、加班、加班。而我的上司，总是莫名其妙地找碴，对我发火。为了生活，我们都感到精疲力竭。而他的父母却在这个时候开始催婚，我显然还没有准备好。且不说房子车子连影子都没有，我们也没有存款，甚至连眼前的工作都不满意。尤其是我，十八年寒窗之后，还处在对自己的社会价值的一片茫然之中。我提出先分开一段时间看看，以此检验我们是不是必须得结婚才能走下去。他则认为我是想要分手，刚分开一个月，他就编出一个女秘书的故事来要挟我，说公司有一个女秘书在追她，问我怎么处理。我当时以为他在开玩笑，胡乱说了一句，没想到他竟然信以为真，以此作为我想分手的理由。

毕竟，三个月而已，哪里会这么快，真的就有女朋友了？除非对方蓄谋已久，除非春生真的想要离开我。我笃定了春生是在威胁我，于是我想让子弹飞一会儿。

到达隔壁小区，春生已经在搬东西了，远远可见楼下的空地上堆着几个箱子。春生让我在这里待着看着就行了，他自己上楼去搬。我站在那里，看着他跑上跑下。东西并不多，主要是一些书、一台台式电脑，外加一些衣服被子。他叫了一辆出租车，一下子全装了进去。他让我回去，东西已经装完了。我坚持要去新家看看，也怕他一个人不好弄。他没拒绝，打开出租车的后门，让我坐进去。他则一屁股坐上了前排副驾驶的位置。一路上我们都没有说话。司机问我们是不是买了新房。他说没有，上海的房子这么贵，只能先租着。司机说："你女朋友愿意跟你租房子住，小伙子要珍惜。"

车子拐进张杨路一个半新的小区，闹中取静，环境看起来很舒服。春生指挥司机开到了一栋楼下，我看到一个女孩站在那里等候。她比我矮半个头，目测身高不到一米六，齐耳短发，脸盘圆圆的，唇上的汗毛很明显。我看她的时候，她正用一种警惕的眼神打量着我，目光里似乎有两把刀子，随时可以向我发射。我只看了她一眼，就放宽了心。春生相貌堂堂，985学校的硕士毕业，学校的三好标兵，本硕六年半，常年拿一等奖学金，没毕业就参加无人机的科研工作，而眼前这个女生，听说才大专毕业，身材和相貌又是如此平平。春生不可能瞧得上她，就算春生瞧得上，春生的家人也瞧不上。我心里的石头一下子落了地，于是不再看她，转身帮春生把东西从车子上搬了下来。

　　春生走上前跟她打了个招呼，她脸上挤出一丝微笑，笑得很僵硬。春生让她在楼下看着行李，我抱着一些细软跟着春生上了三楼。那是一套两居室，装修得很精致，冰箱洗衣机彩电，一应俱全，几乎可以拎包入住。我像寻宝一样，沿着走廊往里探寻，一直来到主卧。那间卧室很大，向阳，连着一个宽敞的阳台，阳台上放着一套桌椅，周围摆放着一些花草，花开得正艳。这时，一个身材修长、气质优雅的女人走了过来，跟我打招呼。我后来知道她是这个房子的女主人，她过来交代一些事情。她对春生说："你女朋友真漂亮。"我没有说话。

　　春生却说："这是我师妹，过来帮忙的。"女主人看了我一眼，神秘地笑了笑，说："不好意思，你们看起来真像是一对儿。"为了打破这种尴尬，我夸女主人的身材好、气质好。她说她一直练瑜伽，建议我也练练，不光利于保持身材，对身体也大有裨益。

她又交代了一下使用家里的电器注意事项，然后就走了。

我走到卧室，把春生的被褥铺上去。春生走过来说不用了，让我放在那里就行。我又去帮他把搬上来的书摆在靠墙的书柜里。很多课外书是我们在学校读书的时候一起去买的，他还保留着。还有一些相册，那些封面我都很熟悉，里面夹着我们出去活动时的照片，以及一些合影，那些照片是我一张一张地放进去的。

中午的时候，东西基本上都已搬上了楼，放在了该放的地方。春生提议一起去吃饭。我和春生走在前头，那个女孩跟在后头。点餐的时候，春生让我来。多年来，我们一起吃饭都是我来点单。他甚至仍然像从前一样，给我夹菜，让我多吃点。那个女孩一言不发，默默地坐在春生旁边低头吃饭。我坐在春生对面聊天，三个月没有见面，我们把这三个月来身边的人与事都提了一遍。他仍旧像从前一样，帮我分析，适度点评。

快结束的时候，春生低头跟那女孩说了什么，那女孩就起身走开了。后来我才知道，她是去埋单的。也是在那一刻，我才意识到，在我们三个人之间，我已是个外人，而他们才是一家人。

吃饭的地方叫九六广场，我沿着一排商户往世纪大道的地铁站走去。我走出饭店的时候，天刚黑下来，商户的灯光闪烁着，像一双双调皮的小眼睛，在嘲弄着我。

过了一会儿，春生从后面追了上来。他有些歉意地对我说："阿离，我爱了你这么多年，我太累了，我想找个爱我的人。"

我没有流泪，只是说了一个字"好"，然后匆匆离去。

对不起，我爱你

1

于凡在洗澡,手机随手放在了门口的矮凳上,此刻它正焦灼不安地响个不停。坐在沙发上的小艾往这边看了一眼,仿佛在等它安静下来。铃声只停了几秒钟,紧接着又响了起来,一副不屈不挠的样子。

小艾和于凡刚认识就有约定,彼此不看对方的手机。所以这次小艾也没打算看,只是听见手机响得这么执着,想着可能有什么急事,她就走过来拿起手机,想递给里面的于凡。在等候于凡开门的瞬间,小艾还是用眼睛的余光瞄了一眼。

只轻轻瞄了一眼,她的脸色就变了,是阿绿。

鬼使神差般,她轻轻点了一下绿色按钮,拿到耳边,听到阿绿说:"凡哥,你什么时候回来啊?我今天来例假了,肚子好痛。"

小艾没有把手机拿给于凡,而是挂了电话。她感到一阵头晕目眩。

得多亲近的关系,才会让一个女孩子把自己来例假这事告诉上司?难怪于凡会觉得小艾的领导对她有非分之想,分明是以小人之心度君子之腹!分明是他和阿绿就是这样暧昧的关系!她越想越气。

待于凡出来,小艾就把手机递给他,说:"你跟阿绿到底是什么关系?她怎么连来例假都告诉你?"

"你怎么不经我同意就接听我电话啊?"于凡避而不答她的问题,态度有点不耐烦。

"你以后想让我接我都不会了,分手吧。"小艾说着把于凡往门外推。

"我早就跟你说了,阿绿就是个小女孩儿,她有时候跟我撒撒娇,我也就是拿她当妹妹一样的,你别多想啊。"于凡一边后退一边解释。

小艾砰的一声关上了门。

小艾隔着防盗门对于凡说:"把你和阿绿的事情说清楚,否则我们这次就真的分手。"

2

半年前,上海延安西路地铁站。

那是一个黄昏,夕阳像个柿子,挂在天际。地铁里人头攒动,小艾踩着高跟鞋,在人群中被挤得东倒西歪。总算到站了,小艾拽了拽被人群夹住的大衣下摆,往地铁闸口走去。她一边走一边张望,目光往人群里探寻。刚走出地铁口,小艾就看到一个年轻男子正目光定定地看着自己。那是一张好看的脸,像写得很好看的小说开头，使人很想看下去。她羞涩地低了一下头，对着手机屏幕撩了一下额前的刘海儿，复又抬起头，重新与他的目光相碰撞。他高高瘦瘦，是那种很匀称、她喜欢的瘦，有一种艺术家的气质和风度。他戴着一副银边眼镜，镜片后的目光深邃、有神，带着温柔和笑意，看起来很温暖。尽管事先已经看过彼此的照片，他还是给了她惊喜。

他伸出右手，说："小艾你好，我是于凡。"小艾也报之以微笑，把她的小手放进他的手中。他的手掌不大不小，刚好把她的手包得严严实实，温暖而有力。小艾恍惚觉得身上似被电流击中了，她赶紧抽回了右手。

"累了吧，走，带你吃饭去。"他说。那口气，仿佛他们已经相识很久。其实今天不过是他们第一次见面。不过在此之前，他们已经聊了一月有余。

小艾刚过完二十八岁生日，是大众眼中的剩女，大学毕业参加工作五个年头，在一家外企做小主管。喜欢文学，业余写写网络小说，虽然还籍籍无名，但是也收获了一些读者。其中有个粉丝叫琴云，是个已婚少妇，比小艾大几岁，挺关心小艾的终身大事。琴云的老公是个包工头，有个合作伙伴叫于凡，据说一表人才，才华横溢，也是单身。

"他跟你简直是天生一对，气质、长相，都跟你匹配，他简直就是为你量身定做的。"琴云隔着电脑屏幕对小艾说，并且很快发来了一张于凡和琴云老公的合影。

小艾对相亲这种事一向很排斥，所以并没有把琴云的话当回事，但是，当看到那张合影时，她只觉得眼前一亮。

"怎么样，配得上你吗？"琴云追问。

小艾发了个害羞的表情过去。

琴云说："行了，我让他加你QQ。"

小艾说到卡夫卡，于凡说喜欢《变形记》；小艾谈《霍乱时期的爱情》，于凡说喜欢马尔克斯。小艾谈《源氏物语》，于凡谈汉文化对日本文化的影响；小艾说到《闲情偶寄》，于凡就谈李渔的才情。小艾谈米兰·昆德拉的《不能承受的生命之轻》，于凡就谈读《生活在别处》的感受。他们谈纳兰性德，谈辛波斯卡，谈《红楼梦》，也谈毕飞宇的《推拿》。无论是西方文学还是当代小说，无论是古典诗词还是现代诗歌，于凡都能说出个一二三。小艾惊讶于一个设计师对文学领域的广泛涉猎。

于凡在外地出差了一个月，这次回到上海，两人才得以见面。虽然网上和电话里都已经聊得很投机，但毕竟是第一次见面，小艾还有些羞涩。于凡在前头走着，小艾像个小媳妇一样跟在后头。于凡身高约一米八五，腿很长，看似悠然地走着，小艾身高一米六八，得小跑才能跟上他的脚步。于凡没有放慢脚步等她的意思，这让她感觉到有些不舒服，心想这个男生是不是有些大男子主义。就在她胡思乱想的时候，于凡转身笑着说："你又不矮，不穿高跟鞋也可以。"拐过一条马路，于凡带她径直去了一家饭店的包间。

刚到包间门口，约莫有十个男女站起来起哄："于凡，你又迟到了，快自罚三杯。"于凡笑着对小艾说："这些是我的大学同学。"

"这是小艾。"他介绍说。

同学们起哄："是女朋友吧。"

于凡笑，没有反驳。小艾挨着于凡坐了下来，心里又惊又喜。惊的是，哪有第一次见面就带女伴参加大学同学聚会的？搞得自己一点心理准备都没有。喜的是，这样也说明于凡为人坦荡，并且是在认真跟她交往。毕竟，这年头，有几个男人愿意刚开始交往就把女性朋友纳入自己的生活圈？

小艾静静地坐在一旁，听着他们一起回忆大学时光。他们十年前一起毕业于设计专业，现在大都在上海知名公司做资深设计师。于凡喜欢自由，已经辞去了设计总监的职务，开了一个工作室，去年承接的项目获得了两个业内大奖，因此声名大振，找他做设计的人应接不暇。有同学甚至爆料："于凡的客户，尤以富婆居多。"

于凡马上否认："小艾，你可别听他们瞎说。"

他们说着那些令人捧腹大笑的趣事，提到于凡当年读书时的优秀成绩，以及那些早已飘散的风花雪月。于凡不时给小艾夹菜、添茶，偶尔跟她对视。其中有一对刚刚结婚，分享了他们去马来西亚度蜜月的趣事，并且建议于凡和小艾以后也去。于凡看了看小艾，说："何止新马泰？我们以后还要环游世界。"于凡的眼神里有着灼热的光，仿佛要将小艾点燃。

聚餐之后又有人提议去酒吧，小艾一看时间，已经晚上十二点了，她第二天还要上班，起身告辞。于凡马上说："我送你回去。"

于凡叫了出租车，要送她回去。小艾说不用送了，她自己可以。于凡说："更深露重，你这般花容月貌孤身一人，我岂能放心？"小艾嘴上说他真是够贫，心中却思忖，他愿意送我，对我应该是喜欢的吧。

在车里能听到车外北风呼呼地吹,司机开足了暖气,小艾还是不住地搓手。于凡指指自己的大衣口袋,说:"我的口袋里很暖和,需要的话,我可以借你取暖。"小艾也没有多想,真的就把两只手伸了进去。人就是这样奇怪,同样一句话,如果是从不喜欢的人嘴里说出,你会觉得对方很轻浮,然而如果是从你喜欢的人口里说出来,你便只觉得美好。从浦西到浦东,要走延安路隧道,穿过黄浦江,可小艾希望这道路可以再长一些。

路上车辆很少,车子跑得飞快,仿佛一转眼,就到了小艾居住的地方。于凡送小艾到楼下,说:"我看着你上去。"小艾居住的居民楼是一栋老房子,没有电梯。她站在楼下,用脚跺了几下,声控灯还没有亮。小艾念叨一句:"唉,这破灯又坏了。"

于凡走了过来,看到楼梯里乌漆麻黑的,说:"你住几楼?我送你上去吧。你穿着高跟鞋,别扭到脚。"说着就去扶着小艾,小艾没有拒绝。在幽暗的楼梯里,她听见自己的心怦怦跳。

到了四楼门口,于凡说:"你早点睡,我回去了。"小艾不知道为什么,忽然脱口而出:"你要不要进去喝杯热水?今天挺冷的。"

于凡迟疑道:"我怕打扰你休息。早点睡吧,好梦。"他拍了拍她的肩膀,像哄孩子一样。

女孩的矜持,使她没有再作挽留,她转身进了房间。房子是精装修的一室一厅,有着古典花纹的壁纸和复古吊灯,虽然装修有些年月了,但是保持得很好,看起来很温馨。小艾洗完澡出来,只听外面忽然间狂风大作,接着是簌簌的声响,在这静谧的夜里,听着格外清晰。小艾去拉窗帘，只见外面大片大片的雪花飞舞。恍惚间，她看见楼下有个身影，一直张望着望向这里。小艾拿手机拨通他的电话，冲着窗外用力地挥手。

　　雪越来越大，须臾之间，楼下的空地全部铺了白白的一层积雪，在路灯的照射下，散发着一种柔和的光芒。这光也照进了小艾那空置许久的心房。

3

　　于凡的工作室位于徐汇区武康路，民国时期此地曾是法租界。那是一栋两层复式老洋房，门口有两株高大粗壮的法桐树，树叶繁茂，与老洋房相依，像两把保护伞。武康路南接淮海路，北连华北路，它们都是上海异常热闹的街道，但武康路能保持其独有的宁静，是上海的文艺青年们喜爱之地。于凡将工作室开在这里，除了追求格调之外，这里不菲的租金也暗示着于凡有着不错的经济实力。

　　于凡见到小艾，一伸手就牵过她的手，那么自然，以至于小艾自己都忘记了他们才相识不过三个月。小艾喜欢与他牵手的感觉，心里雀跃着，像一个情窦初开的小女生。

　　于凡领她进去，迎面墙上挂着他的一些获奖照片。有一张穿着军绿色风衣，戴着一顶灰色鸭舌帽，这样的穿戴在平常人看来没有什么特别之处，但在于凡身上，却是那么气质夺人、气宇轩昂。他的眼神中透着一点狡黠的笑，流露着聪明和不羁，像一匹奔腾的野马。小艾不觉有些忐忑，这样的青年才俊，婚恋市场上绝对的潜力股，是自己这种无房无车无存款的大龄女青年能够驾驭得了的吗？

就在她心神飘忽之际，一个清脆的女声打断了她的思绪。一个长相娇美的年轻女孩出现在他们的面前，她有着明显更为白皙饱满的肌肤和明亮的眼睛，梳着一个马尾，二十出头的样子，通身散发着青春的活力。她走上前，几乎要抓住于凡的手，说道：

"凡哥，你可回来啦。有个客户一直催，这个设计方案得让你尽快确认一下。"而于凡这时也迅速地放开了小艾的手，对小艾说："你自己到处转转，我等一下过来找你。"甚至没有为她们做个介绍。这个细微的动作，被小艾看在眼里。

小艾心中有点失落，自己一个人走上二楼，找了个临窗的位置坐下。看着旁边忙忙碌碌的员工，自己在这里显得有点多余。几次想要起身离开，又忍住了。也许他是真的太忙，自己毕竟不是小女生了，要多点耐心和理解。作为一个想要脱单的大龄剩女，她理应让自己看起来温柔、善解人意。何况眼前这个于凡，不说万里挑一，也是百里挑一，他值得一等。

她在窗前坐了许久，直到夜幕降临，华灯四起。这时于凡才走过来说："不好意思，今天事情有点多，太忙了。饿坏了吧，想吃什么？"

小艾起身说："都行。"

刚出门口，只见之前那女孩追了出来，问："凡哥，你们是去吃饭吗？带上我吧。"于凡笑了笑，对小艾说："这是阿绿，公司里的实习生。"

"那就一起吧。"

"对了，这是你小艾姐姐。"

凭着女人的第六感，小艾觉得阿绿对于凡是有好感的，甚至可能不止于此。果然，点菜的时候，阿绿拿过菜单，说凡哥请客，自己就不客气了，搂着点了自己和于凡喜欢吃的菜，只是顺带捎着问了一句："姐姐，你看看还有什么要加的吗？"

这顿饭吃得索然无味，小艾只想早点结束。阿绿却叽叽喳喳说个不停，逗得于凡哈哈大笑。小艾想站起来走开，于凡却在桌下按住了她的手，对她耳语道："你不想去我的住处看看？"小艾虽然心里委屈，但是又怕太执意会显得自己没有涵养，她索性要看看于凡葫芦里到底卖的什么药。

好不容易埋单了，没想到阿绿还跟着他们，完全没有要分道扬镳的意思。小艾低声问于凡："你是打算三个人一起约会？"

于凡说："不是，她也跟我住在一起。"

小艾这下终于忍不住了，说道："你既然金屋藏娇，何必出来招惹我？"说着扭身就走。

于凡示意阿绿离开，然后追上小艾解释："阿绿今年大四，在北京一所大学读设计专业，她之前在网上看过我的设计方案，说很崇拜我，要拜我为师。听说公司要招实习生，她直接就杀过来了，我也不好拒绝。她一个人在上海无依无靠的，反正我也一个人住，就空了一间房子给她住。我就是把她当妹妹，你不要多想。"

小艾并不领情，说："你们两个孤男寡女，一个年轻貌美，一个玉树临风，每天同吃同住，朝夕相处，你让我别多想，我做不到。"

于凡拉住她的手不松开，说道："小艾，你做我女朋友吧！我第一眼看到你照片就觉得很有眼缘。见了面以后，我更加确定自己的感觉。如果你真的很介意阿绿，我明天就让她辞职。"

淮海路上车水马龙，一对对情侣从身边走过，或开怀大笑，或温柔低语，一阵风吹过，仿佛能闻见幸福的味道，使得这冬日的夜晚，看起来也并不是那么寒冷。

此时，于凡两只手握着小艾的手，双眸含情地盯着小艾的脸，真诚中带着紧张，像一个做了错事的小男孩，可怜巴巴地等待大人的原谅和拥抱。

"小艾，别生气了，做我女朋友吧，我一定对你好，行吗？"

小艾把脸转过去，说："我还没有准备好，也许你也没有准备好，我们还是先彼此冷静一下吧。"说完，就想挣脱他的手。没想到，于凡一把把她抱住，抱得很紧。

"我不敢放手，我怕我这一放手，从此就抓不到你了。"于凡喃喃地说。

时间像静止了一样，小艾听见彼此的心跳像鼓点般怦怦作响。

"小艾，我知道你是喜欢我的，你别拒绝我。"于凡接着说。

小艾放弃了挣扎，她抬起头，望着于凡，他的眼神很清澈，是同龄人中少见的那种清澈。也许因为他不抽烟，饮食清淡，身上有着好闻的气息。小艾忽然就不再生气，她想起闺密的话，长得丑的男人，吵架的时候，越看越让人生气；而长得好看的男人，哪怕是发起脾气来，看起来也觉得酷酷的。眼前的于凡，俊朗的五官、温柔的眼神、磁性的声音，一瞬间让小艾的怒火消失得无影无踪。

小艾声音低低地说了一声:"好吧,我原谅你了。"
于凡像得到了特赦一般,一把抱起小艾转了个圈,说:"小艾,我会对你好的,以后我的钱都交给你管。"

4

他们度过了一段快乐的时光。于凡经常加班到很晚,还要驱车去浦东与小艾吃饭。有时也在小艾那里住下,把客厅沙发当床。小艾经常一觉醒来发现于凡还在客厅做设计、写文案。她发现于凡不仅设计做得好,文案也写得很有特色,不觉心中又添几分爱慕。

冬去春来,小艾公司由于来年新的订单增加,业务量剧增,每天忙到昏天暗地,也开启了加班模式。于凡之前的项目已经交付,新的项目才刚启动,倒是有了闲暇。他经常下了班跑去接小艾。有一次,小艾晚上十点还在忙,于凡直接跑到小艾的办公室,拉着她就走,说道:"什么破公司,给那么点工资,拿你当奴隶使。这工作咱不做了,大不了我养你。"小艾也没把这话当回事,只当他是心疼自己。

那是一个周五的晚上,小艾接到领导的电话。领导刚从南非出差回来,让她到机场附近的咖啡厅,说要跟她聊一下工作的事情。小艾本来约了于凡吃饭,于凡一听这事就不乐意了,说道:"你们领导是不是对你有想法?大晚上的,都下班了,谈什么工作?不去!"

小艾说:"你想哪儿去了?我们领导都一大把年纪了,孩子都跟我差不多大了。他平时很少在下班后找我，今天找我可能真的有急事要交代。"

于凡说："有什么事不能等到周一上了班再说？要去也得我陪你去。"

小艾觉得这样不太好，但是如果拒绝，又怕他会多想。去就去吧，可以让他在隔壁桌子坐着。

到了咖啡厅，领导已经坐在那里等候了。于凡主动伸出手跟小艾的领导握手，说道："你好，我是小艾的男朋友。"说完就坐在小艾的身旁，盯着小艾的领导，完全没有要走的意思。

小艾示意于凡离开，于凡就像没听见一样。小艾的领导说："不好意思，我跟小艾有点工作要谈，涉及公司的商业机密，你能不能回避一下？"

于凡说："你们聊你们的，我又不是外人，也不是同行，没什么好回避的。"

小艾的领导也觉得有些尴尬，只简单跟小艾谈了一下合同的新增条款，就匆匆结束了。

回来之后，小艾很不开心，对于凡说："你这是什么意思？说好了让你坐到隔壁桌去，你这样简直就是没有礼貌。你今天让我很失望。"

没想到于凡像吃了枪药一样，说道："我保护你，你还不领情？你那个领导，一看就不像好人，他对你肯定有想法。"小艾很生气地说："请你说话注意措辞，我们正常谈工作，你就算要保护我，也不需要坐在同一张桌子上吧，你这是无理取闹。"

小艾说："你回去吧，我想一个人静一静。"于凡摔门而出，临走说了句："你居然为了别的男人跟我生气?!"

小艾心情跌落到了谷底，她不敢相信，看起来俊朗阳光的于凡，怎么会是这个样子？他也是在职场历练过的人，做事情怎么会这样没有分寸。今天的情景，领导一定也感到很尴尬。这让她以后怎么跟领导相处？越想越是懊恼。果然，周一一到公司，领导就叫她去了会议室。说起那天的事情，小艾跟领导表示了歉意。领导却摆手说道："这都是小事。小艾，你在我手底下工作也有几年了，你的为人我很清楚。本来，员工的感情问题，我不该干涉。但是说实话，我觉得，那个男孩子，他不太适合你。"

小艾问领导为何会有这种想法。领导说："我不是因为他不信任我而对他有偏见。我只是觉得这个男孩子，性格上可能会有些偏执，我怕你会受委屈。"小艾点点头，说："我会认真考虑的。"

接下来好几天，小艾都没有联系于凡，于凡也没有联系她。小艾想，如果于凡不再联系她，那么就此分手也好。也许，正如领导所言，他们之间并不是真的合适。谈恋爱，不能仅仅看外表是否合适，更重要的是，彼此的世界观是否相符。而从目前来看，于凡和她之间明显存在很大的偏差。

五个工作日安静地过去了，小艾准备删掉于凡的电话号码。删除的时候，看到手机里存储的许多他们之间的来往短信，曾经那么多次心有灵犀的感觉，原来都是错觉。就在此时，电话忽然响了，她不小心接通了，是于凡。

"小艾，是我错了。你还在生我的气吗？周末我们去世纪公园吧，海棠花开了，我想带你去拍照。"

小艾整理了一周才平复的心情，一下子被搅得波浪迭起。她本来想说的是我们分手吧，说出来的却是"好"。

一对恋人，想要分手哪里是那么容易的事，很少有人一次就能彻底分掉。必然是要纠结反复，反复纠结，经历一次次的失望、分手、和好，再失望、再分手、再和好，再失望至绝望，然后才是真正的分手。而小艾对于凡显然还没有到绝望的状态，于是她又一次原谅了他。

刚和好没多久，又发生了开头的一幕。

5

一周之后，于凡再次出现在她面前，并且拿来了阿绿的辞职信。

"阿绿已经回北京了。"于凡在门口，递给她阿绿的辞职信，又补充说，"我知道她是喜欢我的，但我真的只是把她当妹妹。之前可能是我态度不够明确，让她误会了。"

小艾还在犹豫着要不要他进来。于凡隔着防盗门，伸出手握住了小艾的手，说："我过几天要去外地出差，要一个月才能回来。我们能不能好好的，不要总是为了不相干的人吵架？"

既然阿绿都已经辞职了，说明于凡是认真对待这件事的。小艾放于凡进门，于凡一进门就抱着小艾要亲。小艾把脸别了过去，说："我觉得，我们之间可能发展得有点儿快，其实我对你很多地方不是很了解。我想我们可以把速度放慢一点，多了解一下对方。"

于凡说："还快？都半年了，我同学跟他女朋友比我们认识的时间还短,人家都领证了。"小艾笑笑,不置可否。过了一会儿,于凡接了个电话,就问小艾,电脑借用一下,收一个邮件,比较急。小艾指了指客厅,告诉了他电脑的密码。小艾到房间去烧水,只听于凡在客厅里咆哮着说:"简小艾,你这个女人!难怪你对我这么冷淡,难怪你要跟我分手,原来是另有隐情。"

小艾满脸疑惑:"什么隐情?你在胡说什么?"

于凡说:"你自己过来看看。"

小艾走上前去,只见一个自己并不熟悉的QQ号码上,传过来一行消息:"怎么样,昨晚感觉爽吗?"

小艾说:"这是谁啊,我根本不认识。"小艾在QQ上回复道:"你是谁?神经病吧,说什么呢?我根本不认识你。"

对方回复道:"这么快就忘了我了。"然后就下线了。搞得小艾丈二和尚摸不着头脑。小艾说:"我根本不认识这个人。"

于凡说:"我都差点忘记了,你们这些女文青,有几个是正经的。"小艾很气恼:"于凡,我也不想多做解释,既然你这样不相信我,那我们分手吧。"

没想到于凡抢白道:"分手,你想分手就分手?我认识的姑娘,除非我提分手,还没有人可以主动跟我分手。"说着,他就像一个发狂的病人一样,对小艾做出各种奇怪的动作。小艾不敢相信眼前这个人是于凡,是自己曾经爱慕的于凡。眼前这个于凡,简直就是个神经病。

"既然你不走,那我走。"说着,小艾准备夺门而出,却被于凡一把抓住了。他把小艾往卧室里一推,小艾没站稳,一下子摔倒在地。于凡走过来,也没有扶起她。而是就地一坐,骑在了小艾的身上。小艾骂道:"于凡,你到底要干什么。"

"干什么?春宵一刻值千金,再不浪漫就老了。"

"于凡,你别这样,我不喜欢你这个样子。你这个样子像个流氓。"

"小艾,你知道吗?我就喜欢你生气的样子,你生气的时候特别有魅力。你不是要跟我分手吗?我告诉你,你一辈子都别想离开我。"

于凡把小艾锁在房间内关了两天两夜,不让她出门。

小艾说:"我要去上班的呀!领导找不到我会报警的。"

于凡说:"你还要跟我分手吗?"

小艾说:"分什么手?那都是气话。快点放我出去,我要去上班。你也早点去公司吧,老是这样像什么话。"

于凡说:"你真的不跟我分手了吗?"

小艾说:"要是不相信的话,你就在家等我,我下班再买点菜回来,这两天光窝在家里吃泡面也不行啊。"于凡同意了。

小艾到了公司,马上给于凡发了短信:"请你现在马上离开我的家,我就当什么都没有发生过,否则我会报警。"

于凡回复:"好吧,算你狠。"

小艾在公司煎熬了一天,谁也没敢告诉。下班路上,她把110设置在手机号码置顶的位置,以确保万一发生不测可以第一时间报警。

回到家门口,她屏住了呼吸,她希望于凡可以跟她和平分手。经过这件事情,她知道她再也不可能接受于凡了。

开了门,于凡不在,她心里一块石头落了地。她想起了领导说的话，想起了《不要和陌生人说话》里的安嘉和，心里升起一股凉意。

6

一夜无事。

第二天一早，刚到公司，就看到同事们向她投来异样的目光。刚登录QQ，又收到好多QQ好友的消息。

原来，于凡给小艾的QQ好友每人发了一封邮件，里面描述了小艾很多"不堪"的经历，看起来活灵活现。小艾顿时觉得头昏脑涨。这个于凡，果然是个变态。她很气愤，但是也只当他是个疯子，不去理会。

过了一阵子，公司的行政跟小艾要身份证，说要给公司员工重新办理一张工资卡。小艾发现身份证不在身上，不仅如此，她发现自己的户籍卡、身份证及学历证书，全部不见了。她回到住处翻箱倒柜，终于在一个箱子里发现了那个空空的文件袋，她原本用来放置证件的地方。

是被偷了。但是小偷偷她这些东西有什么用呢？自己没有存款，也没有资产。忽然，她想到了于凡。没错，一定是他！

她从手机通讯录的黑名单里调出了于凡的电话，拨了过去。

"小艾，你终于给我打电话了。"

"于凡，把我的证件还给我。"

"你怎么知道是我拿的？"

"于凡，我知道是你。你如果不想我报警的话，就把证件还给我。"

"可以，你今晚到我家里来拿吧。"

小艾一点儿也不想再见到于凡，但是眼下也没有办法，只要于凡没有危及她的人身安全，相恋一场，她尽量不走法律途径。她下班后去了于凡住处，一敲门，发现开门的竟是阿绿。

小艾已经懒得去问于凡跟阿绿究竟是什么关系。她现在巴不得于凡移情别恋，好转移注意力，让他不要再纠缠自己。

小艾进了门，问："于凡呢？"阿绿说："他出去了，应该一会儿就会回来。"

阿绿请小艾到沙发坐下，又去帮小艾倒水，嘴里说着："小艾姐姐，你是跟凡哥吵架了吗？我看凡哥最近一直心情不好，他经常晚上通宵不睡、喝酒、哭、骂人，之前签约的合同也违约了。"

小艾看了看阿绿，看来阿绿真的完全不知道他们之间发生了什么。

小艾说："你怎么还在这里？你不是前段时间就辞职了吗？"

阿绿露出惊讶的表情，说道："哦，我前段时间回学校论文答辩去了，现在已经正式办理入职手续了。"

小艾听了此话，又问："我跟于凡已经分手了。你是不是喜欢于凡？"

阿绿低下头说："是的，都是我不好，可能给你们增添了不少麻烦。不过，凡哥是真心喜欢你的。他跟我说了，他只是把我当妹妹，他心里只有你。"

小艾一时间不知道说什么才好。

这时，门开了，是于凡。阿绿立即走上前去接过于凡手中的包,将它挂起来,一副小媳妇的模样。

小艾站起身来说:"于凡,把东西给我,我要走了。"

于凡说:"你能跟我进去谈谈吗?"

小艾想着有阿绿在,谅他也不敢造次,于是跟着于凡进了房间。

于凡从床头柜里拿出一个文件袋,打开一看,正是小艾丢失的那些证件。

于凡说:"这些东西,我本来是想逼你跟我去民政局领证的,没想到你偏不就范。你知道多少姑娘想跟我去领证吗?"

小艾笑了笑说:"于凡,你很优秀。但是,我们不合适。我不习惯被人这样胁迫,我需要独立的空间,需要足够的尊重。另外,我真的曾经喜欢过你。"她特意回避了"爱"字。

于凡神情落寞地望着小艾,说:"你能不能告诉我,你是从什么时候开始不爱我的?"

小艾喝了口水,望着于凡暗淡的眼神,说:"从你开始干涉我和领导的工作谈话;从你看到QQ上那个猥琐男的聊天记录,选择相信他,而不相信我;从你软禁我……到处污蔑我,偷走我的证件……"

于凡伸出手,想握住小艾的手:"小艾,我就是太在乎你了。就当我们吵了一架,我们重新开始,行吗?"

小艾缩回手,站起身,态度坚决地说:"我们,永远不可能了。"然后一把拿过文件袋。

于凡此刻像个无助的孩子,小心地问:"小艾,你还恨我吗?"

小艾面无表情地说:"我不恨你,只遗憾,人生若只如初见。

再见了,于凡。"

小艾迈出大门,眼前浮现出半年前那个冬日的黄昏,延安西路地铁站门口,于凡那张气宇轩昂的脸、温暖的笑以及自己如小鹿一般怦怦乱跳的心,如今想来,已恍若隔世。

之后,于凡给小艾打过很多很多电话,她都没有接。慢慢地,他终于不再打了。

又过了大半年,她接到于凡的电话。电话那头,于凡声音哽咽着对小艾说:"小艾,我今天结婚了。对不起,我爱你。"

《对不起,我爱你》,沈帮彪 绘

附：

去来之间，尘埃或火焰？
——时晓小说集《来去之间》读后
董改正

时晓是我中青班的同学，一个身居上海的知性女子。她以小说集《来去之间》寄我，嘱为后记。对于"小说"一道，我涉足甚浅，却之不恭，"记"则有愧，实在诚惶诚恐。拜读数遍，略有所感，书为文字，附骥而远，不亦宜乎？

小说集收纳时晓近期作品十一篇。因篇名极具故事性，实堪玩味，兹录于此：《来去之间》《一起旅行》《风筝误》《烟花炮》《箭在弦上》《薛小米的藏宝箱》《鸳鸯袍》《流光飞舞》《撤回》《不诉离殇》《对不起，我爱你》。故事背景多为上海或与上海相关，主人公多为女子，她们中有因猜疑而奔走在"来去之间"的雨燕，有因"一起旅行"而乍泄出婚姻无奈的"她"，有被一曲《风筝误》猝然惊醒的徐丽，有被悬于弦上不得不发的吴小琼，有害怕婚姻又向往一袭华美鸳鸯袍的吴梅，有对男人伎俩洞然于心却还是陷入其中又终于完成"撤回"的安可，有曾经爱到撕心裂肺却又无奈分开的"我"。她们各有各的焦虑，各有各的无奈，各有各的情非得已，无论怎样挣扎，怎样努力，到后来依然是"不得不如此"。

是的，不得不如此。每一个来自心灵真实体验的文字在具有表情达意的功能之外，也带有世俗或神性的必然性和逻辑，人物一旦被这样的文字塑造出来，他就在大步走向自己的命运。世界是坚硬的，而通过表意性、概念化的文字呈现出来，重建出来，已经不是简单的复制粘贴，而是具有象征意义的沙盘推演。所有用来搭建的材料，都是经过判断的真相，是经过删繁就简的模块，是经过典型化的独一，是经过自己的审美、世界观和情感过滤过的。它必然因此而清晰疏朗，它必然因此可以推演、可堪玩味、可以澄明，因而我们可以凭此探究真相。它以形象而非说教、以情感而非哲学的方式，让主人公的生命体验进入读者的大脑，一起去完成一场体验、一个顿悟。合上书页，回看射雕处，千里暮云平：看，他们就是这样生活着，这样误解着，这样相互折磨着，他们本可以更好的。但是你也能看出，他们在不可收拾地不可逆转地势不可当地走向结局，无法改变。

《来去之间》里的雨燕，我们眼睁睁地看着她抓狂地奔走在来去之间，只为去寻找丈夫可能背叛的证据。我们替她惋惜，她看不到生活里的美好和即将到来的更多美好，替她担忧她如此折磨丈夫会不会带来危险。看着她的丈夫一身疲惫地去了工地，我们的担忧终于变成了现实：他因为错把火线当零线而触电死亡。我们替她大脑里嗡的一声，我们的发现、顿悟也在此刻潮水般涌来——至于是什么，每个人的过往就像自己的茶叶，泡出什么样的味道，那是甘苦自知。

交通、通讯、互联网等，让人们的世界陡然辽阔起来。繁复纷扰的市井嘈杂之中，人的孤独性倍加凸显，人的孤单感尤其强烈。在浩渺的深夜里，当你感觉到"自我"时，你会觉得你只是这个蓝色星球上一只孤独的萤火虫。你拿起理论上可以连接整个世界的手机，却发现无处诉说。这种孤单性和孤单感，让人下意识地封闭起自己,我们的沟通无不是趴在掩体中进行的,我们说出的话无不是经过涂脂抹粉的。那么我们凭什么相信别人?我们在要求保留自己的"隐私"的同时,却想绕过各种阻碍、试开各种密码,去直击对方秘密的靶,从而获得安全感。身在上海的小说家时晓,对此无疑是了然于心的。她对人尤其是女性的这种强烈不安全感有着十分准确的把握和恰到好处的呈现。除了雨燕,《撤回》中的安可、《箭在弦上》中的吴小琼、《鸳鸯袍》中的吴梅、《对不起,我爱你》中的于凡,都是因为无法消除的猜疑、无法获得的信任、无法说服自己的不安全感而终于失去了应该有的幸福或安宁。在这些篇章中,时晓以冷峻的眼神、锋利的语言之刃,划开生活或已溃烂或依然光鲜的外皮,为我们呈现出它的肌理,让人洞悉鲜花为何被摧残、爱情为何会陨落、激情为何会在烦琐的生活中变成腐殖质却不能沃养生活,如此诸般。

  时晓的小说是属于都市的,这是她作为一个小说家敏锐和自觉的担当。虽说小说应该与生活保持一定的距离,但"写你熟悉的"不仅仅是一句写作上的金玉良言,也必然是作家有意无意的选择。因为他若有文本意识,有精品意识,有异质化、陌生化的意识,他必然要选择自己亲眼发现,独自悟出的事、理,这就必然要求他选择别人没有写过的材料,而现实比故事更精彩,采撷、提炼现实会成为他的首选。我以为这也是"现实主义"之所以伟大、之所以能够在历代革新之后重新回归或从未离开的重要原因。

  本书十一篇作品,大多取材于上海的人、事。她选择的是短篇小说的表现形式,那么她的关注、打量、思考和着眼必须是点或横截面,是在厚厚的墙壁上凿出一个小孔,让里面的光亮透出来,声音流出来,色彩溢出来,气味飘出来,悲欢离合影影绰绰起来;或是截面如锯木,透过纹理辨识曾经的雨水和阳光、伤害和呵护、风声和虫鸣。是的,滴水而藏海,片面而世界,这是诗性的,必须是诗性的。由一点而析世界,由一斑而窥全豹,由过隙的白影而思念远去的白马,巨大的张力,具象之外的无数可能性、象征性,意犹未尽,余音袅袅。繁复被简化,烦琐被诗意,遮蔽被撩开,喧嚣被静音,你看,生活就是这样的,意义便在这里。它们如同月光下的瓜田,静谧、真诚、简单、明了。

时晓的短篇便呈现出这样的诗意特质。现实世界透过她文字的凿孔涓涓流入,汇聚成海,辉映成光,岸上的世界便是现实,水中的光影便是她的小说。譬如说《撤回》,她要写的不是一个红尘男女欲望纠缠、道德救赎的故事,她并不想让故事好看到让你忘记意味。当然,她又会用故事的声光遥遥地引领着你,这种"意味"和"声光幻影"便是洞悟、语言和节奏。她将人性的幽微面通过夜半一个微信"撤回"的纠结慢慢展开,曲折回环,若即若离,乍合还分,终于在"铁骑突出刀枪鸣"般的高潮之后,收拨琴弦,当心一画,唯见江心渺渺,秋月皓白:"回来的路上,她注意到小区里的木兰花开得正盛,像一只只白鹤。"

短篇小说是一种讲究控制力的体裁。要在"简单"里看到大千繁复,要在针尖上舞蹈蹁跹,要在果核中辗转腾挪,要调和"小与大""短而长"的矛盾,要隽永,要余音袅袅,需要绝对的控制。无论是转轴拨弦、低眉信手,还是轻拢慢捻,直到最后的曲终收拨决绝一划,都是语言这双"手"在执行着情感、哲思的流向和流速;语言本身就是节奏。语言本身就是选材。语言本身就是思考。语言屏息凝神，微雕一般，一点点地将内心世界构建出来，并让它们可以脱离自己而生死悲欢，而浩大，而多维，而饱满。只有客观才能被无限解释，而客观其实只是以语言为砖石砌成的城堡，每一块砖石都必须扎实，都必须不动声色，都必须坚信自己是真的，都必须兼具传神与写生的双重功能。时晓的语言是朴素而日常的，又是带着描绘性的，这种描绘性即使在对话中也能隐约可见：

"以后你跟我发消息的时候，不要撤回。"

安可有点莫名，问："为什么？"

"你一撤回，聊天记录删不掉了。"

"你可以把所有记录都删了。"

"不能，我没有清空记录的习惯。她会问我，为什么跟美女的记录都被清空了的。"

"哦，那就有选择地删。"

"所以啊，你一撤回，我这撤回的记录没法删除了。"

"那又怎样？"

"她会问，为什么凌晨一点钟还在跟美女聊天？"

"真麻烦，那以后就不聊了。"

一个欲得周全又患得患失的中年男人形象呼之欲出，其眉目，其呼吸，其语气，都在这毫不着墨其形象的快节奏中疾奔而至，如临目前，逼真得让每一个怀有同样心思的男人骇异。

"日常"意味着平凡平庸，意味着它们原本是不被关注的，是匀速流淌的，只会偶尔激起一两朵浪花、三两点星火。时晓善于捕捉这样的瞬间，善于在这"瞬间"和"寸土"上耕作，培育出鲜艳的花朵来。她的敏锐，正巧契合短篇小说的诗性特质，如在《一起旅行》中，她将主人公夫妻平素累积的矛盾集中在短短的旅途中，审美上的、价值观上的、处世原则上的、做事方式上的，所有的一触即发、一触即吵，统统裹在语言的红纸皮里，将它们集束燃爆，将那些原本应该落定成尘的生活琐碎带上云霄，变成璀璨的火焰或焰火，也因此照亮了时晓的夜空，垂下迷人的色彩，软化了物质的硬度，完成自己与世界的妥协，消融了自己与世界的边际。

尘埃还是火焰？完全在乎一心。

愿时晓能永葆敏锐，永怀柔软，不放过任何一匹过隙的白驹，不错过任何一片驰骋的草原。

愿时晓能永怀敬畏，永抱静寂，在烟尘四起的兵荒马乱里，撷取尘埃，以为火焰。

谁念西风独自凉
——读时晓短篇小说集《来去之间》

刘　勇

庚子年冬月，时晓给我发来她的短篇小说集《来去之间》。看着 10 多万字体量的短篇小说集，我心生欢喜。没想到短短三载，她竟然取得如此丰硕的成绩，真是春风化雨不知归，樱花绽放汝成真。

我和时晓是两届作家班的同学，遇见本身就是一场幸运的旷世之缘；谁知我们遇上了两届，竟然对文学艺术的文本意向有好多共鸣之处，探讨自然多些。所以，她的小说第一时间发给我也是自然。许春樵老师在序言的开篇说："小说说别人的故事，流自己的眼泪；说世像百态，诉自己的心思。"这道出了小说的意趣和风骨。我们常常被人间烟火浸润，随着岁月的光阴风烛，纠结着患得患失的锦年，丢失了相忘于江湖的味蕾。随着清风明月、雁南归乡，怅然若离。如李西闽老师所言："从《来去之间》中的十一篇小说里，我进入了一个由时晓构建的世界。在这个世界里，时晓用她饱满细腻的笔触，讲述了属于她独特的故事。每个故事，都来自生活，又超越了生活本身，试图解开生活之谜。"或许正是这句话的点津，我集中年末岁首这段时间，徜徉在《来去之间》，随着时晓笔下的都市"地铁"，穿梭于"沉思往事立残阳"的叙事之中，喜迎新年的曙光。

小说叙事是具有个体性特质的，这种特质赋予其独特的虚构性和自由度。时晓的短篇小说对社会急剧变革给现代人精神世界带来的冲突有着独特的思考，她渴望用手中的笔展现自己所呈现的现代文化。这种展现使作者在叙事时常常不由自主地将自己对社会的伦理思考加诸其中，借以展现自己的伦理构想。如《对不起，我爱你》中："那是一个黄昏，夕阳像个柿子，挂在天际。地铁里人头攒动，小艾踩着高跟鞋，在人群中被挤得东倒西歪。总算到站了，小艾拽了拽被人群夹住的大衣下摆，往地铁闸口走去。"《撤回》："对待男人嘛，就像放风筝，只要他把赚的钱都交给你，就大可放长了线让他飞。"《一起旅行》："每次旅行，几乎都要吵架，吵到她对婚姻失去信心。她有时候想，自己辞职在家是不是真的错了？"这些表述如许春樵老师所言："时晓小说一起步，就直逼人性的纵深地带，深入情感的隐秘角落。她以忐忑不安的想象和体验，演绎出现代都市情感的动荡、悬空和虚拟性，并指向一个与时代焦虑构成逻辑关系的关键词：不安全感。"

　　时晓的短篇小说多是从日常生活中的某一件小事开始，或是开门见山对主人公进行一个大致的描述，抑或是开篇便提出故事的主要矛盾。随后，事情自然而然地发生，又在恰当的时候结束。读者能品出生活仍在继续的脚步，这种朴素的真情虽然在小说的开头不会抓住人心，但能够达到一种"渐入佳境"和"回味悠长"的阅读效果。如《来去之间》这个短篇小说，本来很恩爱的一对夫妻万庭和雨燕，因为一条飘来的女性内裤，产生了深深的误会，最终丈夫因雨燕的多疑责怪，在工地上触电身亡。《风筝误》中："徐小姐你好，不好意思，系统显示，你先生的名下只有这一台洗衣机的购买记录，上次可能是我们的工作人员看错了。"这些看似有意无意的"巧合",也是小说常要表达的理想与现实的冲撞,呈现出都市生存危机的现实意义。

　　《来去之间》叙事角度呈现出的多样化的手法,让读者不知不觉地走进叙述者的故事框架里,融入虚实结合的叙事特色中。这样一是让小说更具吸引力,二是表达了都市人生存的状态和价值诉求的独特内涵,展现小说对现实生活进行了写照的层次,有一定的象征性意义,将其内心深处不易觉察的思维活动以诗的语言呈现出来。"柳雪和迎亲的队伍离开村庄的时候,雪已经停了。白白的雪地上,断断续续地落了一层红色烟花炮的碎屑,在白雪的映衬下,红艳艳的,分外扎眼,远远望去,像散落的血迹。"(《烟花炮》)"绣着碎花图案的旗袍从袋中倏地滑落,桃花一片片,跌落一地,在一阵突然而至的兵荒马乱之中,时而展开,时而皱成一团,像某种暗示。"(《箭在弦上》)这些空间场合交错与虚实结合的叙事方式增强了小说的层次感,作品十分善于抓住人物的神态与言行的微妙变化,并通过看似不经意和极其简洁的语言将其表达出来,精准地揭示人物的精神世界与性格特征。这些都是值得叫好和赞颂的一面。

　　庄子曾说,"朴素而天下莫能与之争美",意思是说,如果一个人能保持淳朴的本性,那他就是这世界上最完美的人。时晓是宿州人,年少求学,最后定居于上海,如李西闻老师在序言中表述的一样:"时晓和许多来自异乡的人一样,在上海这座城市扎下了根。她与这个时代一起沉沉浮浮,经历着幸福或者痛苦;在时代的潮水的濯洗下,闪光或者黯淡。生活给了她难于磨灭的印记,从一个少女到一个年轻的母亲,从她第一篇散文到第一本小说集,从中可以看到她的思虑。"通过不懈努力，时晓自 2015 年 5 月始，先后在《安徽文学》《山东文学》《六盘山》等文学期刊上发表作品，著有诗集《骑马出走的女人》、小说集《箭在弦上》、散文集《添香馆文集》，曾获 2019 年度宿州市优秀文学奖等，是一个很有潜质的青年作家。

　　本书收录的作品，大多取材于上海的人、事。作品处处呈现出时晓对周围的各种小事的细心观察，她认为一切事物都是可以被挖掘出来，修正后放入小说中的。只有进行深入的观察和挖掘，才能将其独特性表现出来，创作出丰富多彩、不落俗套的作品，如《薛小米的藏宝箱》《鸳鸯袍》《不诉离殇》等。在这些作品的创作中，时晓按照自己的要求对词句进行挑选和修改，使得每一句话、每一个词语都为文章的主题服务，都为人物形象的特征服务。所述语言去掉装饰和表层的浮油，给读者清新素雅、率性豁达之感。如董改正师弟在《去来之间，尘埃或火焰？》中所言："现实世界透过她文字的凿孔涓涓流入，汇聚成海，辉映成光，岸上的世界便是现实，水中的光影便是她的小说。"

　　"谁念西风独自凉，萧萧黄叶闭疏窗。"当我们都在凡尘中沉思往事之时，不全是"人生若只如初见，何事秋风悲画扇"吧！《来去之间》其实就是人生的来去、都市与乡俚之间的来去、男女之间相濡以沫的爱恨来去。当很多事弄不明白时，焦躁和困惑会踏浪而至。迷茫时，我们紧紧攥着手机寻找"答案"时，是不是可以放下手机，在安徽文艺出版社出版的短篇小说集《来去之间》中寻找答案呢？只要用心，你就会寻到一剂淡然无极的"清心茶"，护佑人生，见素抱朴。

正如董改正师弟所说:"愿时晓能永葆敏锐,永怀柔软,不放过任何一匹过隙的白驹,不错过任何一个驰骋的草原。"许春樵老师也表扬说:"《来去之间》这部小说集昭示着时晓小说写作正大踏步走向自觉和成熟。"我的赞许是:希望你胸中继续翻涌着时代的滚烫,用小说构建一个立体化的世界,大道至简,综合承载,用小说刷新美丽的新世界。

两性关系的聚焦与勘查
——读时晓小说集《来去之间》

张 伟

《安徽文学》的《文学 ABC》栏目发表了时晓的小说《一起旅行》，时晓约我写一篇评论。由此契机，我拜读了时晓的作品。

《一起旅行》在极其日常性的情境中，把一对夫妻推到了读者的面前。他们的言行、他们的摩擦，可能会发生在每一对夫妻的身上，换句话说，读者大都能将主人公置换成自己，产生共情，从他们的脾性中找到自己的影子，进而完成一次自我认识，自我反省。这篇小说好就好在作者没有刻意去制造事端，设计出惊心动魄而难免斧凿留痕的一串情节。她写的是老百姓的普通日子，平平常常，琐琐碎碎，又喊喊喧喧，磨磨叽叽。这不正是最本色的生活吗？生活哪有那么多的大风大浪？哪有那么多的刀山火海？对于婚姻来说，更多的是"近于无事的悲剧"（鲁迅语），而能够经受得住这份看似强度不大的考验，却非易事，需要有跑完马拉松的耐力。对，是耐力。坚持，坚持，再坚持，坚持就是胜利！

收在《来去之间》里的十一个短篇，仿佛主题创作，故事都在两性之间展开，这样的集束式的聚焦，更能引发读者的思考。显然，作者在这一向度上集中发力，是有着厚实的生活积累的。她带领读者走进各式各样的家庭，细心地勘查形形色色的男女关系，致思女性的生存与命运。

《来去之间》排在小说集的第一篇，并用作书名，不是没来由的。

　　相爱的两个人，是会吃醋的。爱得越深，醋劲儿越大。吃醋即便不是检验爱情的唯一标准，也是不可或缺的重要标准。这篇小说，就是写的小两口吃醋，更准确地说，是妻子雨燕吃丈夫万庭的醋。

　　"滚，离我远点。"情节进入快，开头即爆发矛盾，吸引读者一探究竟。"你还知道孩子！你怎么不去死？你死了我马上给孩子找个后爹。"女人的妒火中烧从情绪性的、极端化的表达里反映出来，冲突迅速升温。由养父母养大的雨燕，没有安全感，这样的心理缺失，使得她比一般的女性更敏感、更脆弱、更多疑。火药味儿从字缝里弥漫开来，小说却引而不发，按下不表了。吵得这么凶，到底是为什么？小说并未交代原委，读者也是懵然无知，节奏把控得刚刚好。

　　接下来补叙过往，作者娓娓道来，很有耐心地揭示女主人公的心理。本来，小两口恩恩爱爱，面对村里人的玩笑，雨燕自信地说，借他个胆子他也不敢。进城打工的万庭中秋节没回来，"雨燕半信半疑"，心里开始起了变化。她从亲戚那里探了万庭的底，但还是不放心。大明一句话，雨燕真就找到上海来了，推动着情节往前走。不打电话，突然袭击，动着女人的小心思。来到万庭的住处，作者以动作写心理，"雨燕一进门就到处看啊闻啊，像一只搜救犬"。继而从万庭的角度写，"跟捉贼似的。招呼不打一声就来了，来了又到处看，看得人心里发毛"。紧接着又查万庭的手机，没有半缕蛛丝马迹；住下来，琴瑟和谐，"雨燕想起自己之前的疑神疑鬼，真的是多心了。"打消疑虑，风平浪静。这一个单元

229

的心电图打印出来了。

上班、怀孕、给丈夫过生日,岁月静好,雨燕的心重归踏实。庆生是重头戏,写夫妻恩爱,写对年轻姑娘的妒意,承前做细腻的心理刻画。"我跟一个陌生的小姑娘吃什么醋呢?"顿时释然。作者将笔下人物内心的纠结,哪怕是一闪念,稍纵即逝的意识流,都能捕捉得到。前头写被姑娘的衣装比下去了,心里不爽;姑娘要抹茶蛋糕,"原来大城市里的姑娘,也喜欢这个味道。"这微不足道的原因,或者说是不成立的理由,心理又平衡了。女人的心,就是这么变幻莫测,捉摸不定。暗暗地比较、度量,不易觉察的幽微处,见出张爱玲那样的功力来。

就这么走下去,不成了小女人散文了吗?别急,晴转多云了。为庆生,一番精心准备却热脸遇上冷臀,万庭与同事喝了酒才回来。万庭面对抹茶蛋糕的一怔,又制造了一个小波澜。次日,姑娘再次光顾蛋糕店,雨燕心里又生涟漪,并自我消解。读到这儿,我真的很佩服洞悉毫厘的作者,手里拿着显微镜吗?

回家过年,也不是简单的过场戏。万庭不碰雨燕,她难免生疑窦,为下文埋下伏笔。"女性的敏感与多疑,使得雨燕在家里胡思乱想",并非空穴来风。记得那个怀疑邻人偷斧子的寓言吧,本来没事,越想越觉得有事,以至于"失魂落魄,患得患失""抓狂"了。

雨燕挺着大肚子追到上海,似乎是水到渠成的,不会有第二条线路。于是,镜头推成特写,出租屋里的一番搜查,如期上演。"一条黑色的蕾丝内裤,像一个暗藏其中的间谍,突然暴露了身份,一览无余地展现在雨燕眼前,她当时就愣住了。"情节的高潮出现。插入一段往事，蕾丝内裤是"妖精穿的"，就此定了性。心理描写升级了："不！那不是内裤，那分明是一枚核弹！她听到自己的世界山河破碎、轰然崩塌的声音"。这时，雨燕已然无法平静，夸张的、抒情的笔致，恰到好处。作品质地的优劣，常常从褶皱处显现出来。少那么几笔，就粗疏了，像做工不考究、粗针大线的地摊服装。"冷静下来之后，她仍心怀侥幸地期待万庭能给自己一个合理的解释。"有这一笔，成色就上去了。没等万庭回来，雨燕自己已给出两个备选答案，却又马上自我否定。翻来覆去，翻江倒海，读者随雨燕一起难过。"之前在家里疑神疑鬼的时候，她觉得自己快要疯了，如今看到这条内裤，她心里反而像一块石头落了地，甚至有一种自己的直觉被证实了的成就感。"这是五味杂陈中的一味，被作者灵敏的嗅觉嗅到了。

情节引爆之前，继续垫起，累积叠加。万庭与买蛋糕的姑娘，在雨燕的梦里做成好事了。然后接续小说开头，雨燕兴师问罪，单刀直入。这场重头戏，写得很有层次感，雨燕连连质问，步步紧逼，骂了整整一夜。万庭筋疲力尽，在第二天抢修工作中，误把火线当零线，触电身亡。最后揭出谜底，内裤是楼上阳台掉落的。小误会铸成大错，读者为这对恩爱有加的小夫妻扼腕叹息。

我花费这么多笔墨来爬梳，是因为，不如此，便辜负了作者的良苦用心，愧对这精工的"上海制造"。既是情节小说，又是心理小说，情节稳步推进，心理描写扎实，两个维度上实现了双赢。

《风筝误》，"误"字点题，也写的是夫妻之间的一场误会。《来去之间》是农民小夫妻的误会，很不幸酿成了悲剧。《风筝误》是城市里受过高等教育的白领、金领夫妻的误会。我特别欣赏这篇小说的构思,即两条线索的设置。恩爱夫妻陈乔和徐丽,三十多岁,属于时晓小说主人公的标配年龄。洗衣机修理工看错地址了,说他们家"当时买了两台同款洗衣机,分别是不同的地址",这引起了徐丽的怀疑,疑心丈夫有外遇。这条线所占的篇幅并不多,构成人物的心理背景。另一条线展开铺叙的,是文学爱好者徐丽参加作者交流会,认识了陈主编,两人从互有好感,到暧暧昧昧,"如果陈林木给她一个拥抱或者一个吻,她觉得自己可能不会拒绝"。显然,这两条线是有内在关联的。小两口有了嫌隙,妻子对丈夫有了怀疑,婚外情才有了滋生的温床。这种因果关系,小说没有挑明,读者自可思而得之。

写这种若有若无的暧昧关系,分寸感拿捏得怎么样是个关键。三流小说会写出一种恶趣味来,让人不忍卒读。这篇小说里,男女都很优秀,彼此都有好感,有两性之间的吸引,陈林木"那份温柔与细致,让徐丽心里一阵感动,像是有蚂蚁从心头爬过,虽然细微却不容忽略"。作者以她擅长的心理描写,准确地把握着主人公的心理波动,我们读出了美好的情愫,特别是徐丽对陈林木的喜欢或者说是爱慕之情溢于言表,令人怦然心动。"他无疑是喜欢她的,而她除了对他有好感,还有着某种期待。"眼看着要越界,这时保姆打来电话说孩子碰伤,两人分开。真是"发乎情止乎礼"。

《烟花炮》写一对将婚未婚的准夫妻,还是在男女之间展开。故事听上去似乎很遥远,其实并未走远。父亲生意破产,长期看病,生计维艰。柳诚给二姐介绍的对象周一沉,是个无恶不作的浑蛋。先是不知情,当妹妹从同学周小璐那里了解到真相时,二姐婚期已到。二姐本是个性子刚烈的女子，将嫁恶人，她没有退缩，毅然选择了对家庭的责任担当。因为，彩礼已经给父亲治病花掉了，她明知是绝路，但依然硬着头皮往前走。故事头绪比较多，叙述得有条不紊，白描瘦劲，骨感凛凛。

二姐的婚事，牵动着读者的心，小说画上了句号，读者意难平，替二姐担忧，捏着一把汗。而且，二姐的不幸是可以预见的，不可逆转的，小说无疑也是一曲女性的悲歌。烟花炮炸响，脆生生，红艳艳，伴随着的，是粉身碎骨。小说最后一段，以白色的雪地为背景，碎屑"像散落的血迹"，已经做了悲戚的暗示。

《箭在弦上》是最具海派味道的一篇，裁缝店、旗袍、职业性的微笑、美式装修等，都打上了海派文化的标记。

小说叙写了吴小琼一生的悲剧命运，"为什么受伤的总是我？"，仿佛冥冥之中有一道看不见的符咒，她总也摆不脱来自男人的伤害。裁缝世家，手艺精湛。表哥林大志悔婚对她并未构成多么大的伤害，似可忽略，只为下文埋设伏笔。她的不幸从爱上一个有妇之夫肇端，眨着迷离色眼的男人不负责任，导致吴小琼终身不孕，还落下个勾引有妇之夫的恶名，小城待不下去了，远走上海。

与表哥林大志重逢，本来是一线希望，满足她拥有自己房子的希望，却让她跌进了更大的坑。"男人靠得住，母猪能上树。"从余娟嘴里反复说出的这句话，不啻是一句谶语，更是吴小琼们挣脱不了的锁链。吴小琼全心全意对待表哥，表哥却没把她当回事，竟不敢在同事面前坦然地介绍她。被一个男人伤害，被另一个男人嫌弃，女人啊，永远走不出这样的恶性循环吗？

表哥中风，瘫坐轮椅，吴小琼才有了机会。这让我联想到

《简·爱》，当罗切斯特失去一条胳膊、一只眼睛，另一只眼睛也失明时，简·爱才得以与他结为连理。表哥跟吴小琼成婚，是把她当作救生板。由爱情而婚姻，是多么奢侈，可望而不可即！通往婚姻的路上，总是堆垛着条件的权衡、功利的考量，是锱铢必较的算计。而处于弱势的，多是女人。最终还是一场骗局，林大志隐瞒了有子女的事实，吴小琼想要的房产，竹篮打水一场空。小说的结尾写得诡异。吴小琼给林大志煲的汤是有毒的，晾在阳台，汤碗被鸟打翻在地，白猫舔舐毙命，林大志躲过一劫。与其说这是女主人公的善念，不如说是作者的善良。这个处理是很智慧的，既表达了惩恶的意向，又不失温厚，还渲染了悲凉的气氛。

配角余娟，像是吴小琼的副本，她俩构成女性悲歌二重唱的组合。丈夫外遇，余娟被抛弃，净身出户，后来凭手艺挣到了钱财，扭转了命运，也扭曲了心灵，"把钱看得跟命一样重"。

大约一百年前，鲁迅先生写出《伤逝》《娜拉走后怎样》等作品，探讨女性独立问题这些问题，至今困扰着女性。经济独立，现在的说法是财务自由，毫无疑问是基础性的，而又不仅于此。诚如鲁迅所言："可惜中国太难改变了，即使搬动一张桌子，改装一个火炉，几乎也要血；而且即使有了血，也未必一定能搬动，能改装。"小说《薛小米的藏宝箱》，标题里出现的是孩子的名字，却写的是大人的故事。复旦高才生陈菲辞职在家照顾病儿，"经济大权都在（丈夫）薛涛手里，陈菲连买一包卫生巾都要跟他伸手"，争吵时有发生。病儿痊愈后，陈菲重新工作。她曾有过昙花一现的青春靓丽。可是，既要职场打拼，又要接送女儿，陈菲被撕扯着，心力交瘁。在工作和家庭之间，女性处于两难的境地，很难调和。薛小米在"爸爸妈妈吵架的时候，或者只有她一个人的时候，她就会去找她的藏宝箱"。孩子的孤独，可怜无助，也让读者揪心。小说通过丢孩子、找孩子这一令人焦心的核心事件，前伸后展，提出现代女性生存难题。二号女主陈巧丽，丈夫林宇拿年薪，她在家里做全职太太，看似养尊处优，内心却有隐忧，总是放心不下丈夫。女性解放，"道阻且长"，永远在路上？

我以为，篇名取作《鸳鸯袍》，更切题，更有韵味，更吸引读者。这篇小说的女主人公吴梅，一亮相就是孑孓独行，茕茕而立，一副流离失所的颓丧样态。寒夜里，陈强把她赶出家门，还索回戒指，男人的绝情令人发指。这回不是夫妻，是同居七年的一对男女（七年之痒？）。两人带着心灵的创伤走到一起。陈强经历过两次婚姻，两个女人都是"眼里只有钱"。他还有四年的牢狱之灾，并在监狱中得了抑郁症。吴梅的前夫张五常是个无赖，十恶不赦，离婚时让她净身出户，她凭微薄的收入独自抚养着儿子。面对陈强的冷酷，吴梅像窦娥一样呼天抢地："为什么自己的人生，每次都因为一个男人而跌入谷底？"为什么？为什么？这也成了这本书的读者的连连发问。还好，后来陈强回心转意，定制了"鸳鸯袍"，吴梅继承了房产。可是读者还是会质疑，假如陈强没有瘫痪，事情会发生逆转吗？结局会是这样的吗？

《流光飞舞》打开两幅画面。施施家先走进读者的视野，普通人家，普通职业，缭绕着烟火气、市井味，婆媳关系融洽，姑姐与弟媳玩笑间都透着亲昵，一家老小，温馨和乐。之后出场的云裳，是施施的 VIP 客户。论经济收入、社会地位，霄壤之别，用施施的话说，人比人，气死人。云裳肤白貌美，有个当老板的丈夫，她自己挥金如土。可是她并不幸福，年纪轻轻就跌入了无性婚姻，终而把云裳逼向了离婚。显然，金钱是无法救赎情感上的缺失的。两家之间的多重对比，引人思考。两个家庭，代表着两个阶层？施施家是前现代的自给自足，云裳家则在向现代延伸中迷失了。

多年前有一部叫《手机》的电影，手机是便捷的通讯工具，又像是一枚炸弹，多少私情借手机传递，又从手机泄露，当然也有误解。《对不起，我爱你》里的于凡和小艾情投意合，有共同语言，蛮不错的一对。因为手机、QQ引起的误会，有了隔阂，导致分手，非常可惜。结尾处，于凡给小艾打电话说："小艾，我今天结婚了。对不起，我爱你。"小说由此得名，此恨绵绵，余音不绝。《撤回》，即撤回发出的信息。有妇之夫姜平爱上了有夫之妇安可，深夜发微信表白，又叮嘱安可，发出的信息不要撤回，因为撤回无法删除，留有痕迹。安可的丈夫洛新生前也有外遇，也有深夜撤回的记录，被安可发现。作者巧妙地选取这么一个小角度，撕开一道口子，反映当下频发的、混乱的男女关系。故事组织得紧凑、绵密，滴水不漏，小巧精致。

《不诉离殇》叙写了春生和阿离从相恋到分手的全过程。他们是特别般配的一对。春生很爱阿离，为她付出了很多。可是，杯水风波，积少成多，五六年下来，走着走着两人就走散了。最后告别时，春生的话道出了爱的真谛，他爱得累了。常听年轻人问，找我爱的，还是找爱我的。男生通常愿意找我爱的，女生愿意找爱我的。事实也不尽然。无论男生女生，都要珍惜情缘，视对方的付出为理所当然，终究会让对方伤心离去。这个题材，并不好写，弄不好会成流水账。而这篇小说有密实的细节，有生活的质感，很抓人。

时晓的小说，走的是写实的路线。《来去之间》设喻，就地取材。万庭是电工，写夫妻久别之后的疏离感，"连接彼此之间的电路像是忽然中断了，需要时间和温情把它们重新接通"。万庭被电死，噩耗传来，雨燕"整个人也像被电击了一样"。一番检查之后，没发现任何破绽，雨燕"把自己的双臂打开，像撒开一张网，网在了万庭的脖子上"。这信手拈来的一比，像汉语里的辨证词，正反两个方面都关涉到了。这张网，既可以表达亲昵，也可以网住对方的自由，成为一种束缚。

貌似中性的肖像描写，寓有褒贬的感情色彩。请看这位，"右脸颊上长着一个黑色痦子，非常显眼，像趴着的一只苍蝇。男子一张口就露出满口参差不齐的黄牙，一看就是吸烟过度"。用不着评价性的语言，读者已然生出厌恶之情。（《风筝误》）

时晓多采用平实的语言，关节处的点染，着墨惜金，颇见力道。男人帮太太取旗袍，对吴小琼动手动脚，小说这时写道："绣着碎花图案的旗袍从袋中倏地滑落，桃花一片片，跌落一地，在一阵突然而至的兵荒马乱之中，时而展开，时而皱成一团，像某种暗示。"（《箭在弦上》）多像电影里的空镜头做了虚化处理。《箭在弦上》对流浪猫的描写，也别有寄托，耐人寻味。猫的出场，慰藉着女主人公孤独的心灵；猫的遭际，猫的悲惨结局，像女主人公的影子一样，如影随形。《鸳鸯袍》里，吴梅推着轮椅上的陈强去领结婚证，"火红的鸳鸯袍子随风舞动，像两团火焰。吴梅一边跑，一边低头，唯恐眼前的那团火倏地熄灭"。那火苗，是吴梅的希望,是她后半生的保障,是华老栓怀揣着的、像十世单传的婴儿一样的人血馒头。

　　小说多处写梦境,或是情节链条上的一环,或是某种预兆,或是作者的、人物的心愿,或是象征寓意,均能得其所哉。